JEAN JACQUES LAURENT

ELSÄSSER BESCHERUNG

COSY CRIME AUS DEM WINTERLICHEN ELSASS

Das Elsass hat ganz eigene, uralte Weihnachtstraditionen. Auch Colmar mit seinen hübsch dekorierten Fachwerkhäuserfronten geht ganz im vorweihnachtlichen Trubel auf. Doch mitten in der unbeschwerten Weihnachtsidylle bekommt es Gendarmerie-Major Jules Gabin mit einem heimtückischen Giftmord zu tun. Das Opfer ist ausgerechnet ein alter Schulfreund von ihm, der mäßig erfolgreiche Autor Gabriel, denn Jules hatte ihn, gemeinsam mit weiteren Freunden aus Royan zu einem Wochenende im Elsass in Clotildes Auberge de la Cigogne eingeladen. Steckt Gabriels neues, noch geheim gehaltenes Buchprojekt hinter dem heimtückischen Mord? Jules' frisch angetraute Braut, Untersuchungsrichterin Joanna Laffargue, übernimmt die Ermittlungen. Jeder ist verdächtig, niemand darf die Auberge verlassen. Denn klar ist: Jemand aus Jules' engstem Freundeskreis muss der Täter oder die Täterin sein.Jules Gabins vielleicht schwerster Fall spielt im winterlichen Elsass, wo es gilt, die richtigen Spuren im Schnee zu finden.

© privat

Hinter dem Pseudonym Jean Jacques Laurent verbirgt sich der deutsche Autor Jan Beinßen, bekannt für seine beliebten Franken- sowie zahlreiche Frankreichkrimis. Hinzu kommen Kurzgeschichten und eine erfolgreiche Escape-Kalenderreihe. Regelmäßig führt der Autor zu seinen Tatorten.
Mehr Informationen zum Autor unter: www.janbeinssen.de.

JEAN JACQUES LAURENT

ELSÄSSER BESCHERUNG

MAJOR GABIN UND DIE SPUREN IM SCHNEE

Bei Fragen zur Produktsicherheit gemäß der Verordnung über die allgemeine Produktsicherheit (GPSR) wenden Sie sich bitte an den Verlag.

Immer informiert

Spannung pur – mit unserem Newsletter informieren wir Sie regelmäßig über Wissenswertes aus unserer Bücherwelt.

Gefällt mir!

Facebook: @Gmeiner.Verlag
Instagram: @gmeinerverlag

Besuchen Sie uns im Internet:
www.gmeiner-verlag.de

Im Ehnried 5, 88605 Meßkirch
Telefon 07575/2095-0
info@gmeiner-verlag.de

2. Auflage 2025

Lektorat: Claudia Senghaas, Kirchardt
Satz: Julia Franze
Umschlaggestaltung: U.O.R.G. Lutz Eberle, Stuttgart
unter Verwendung eines Fotos von: © EmreKayalar / istockphoto.com
und Georg Bommeli / unsplash
Druck: Custom Printing Warschau
Printed in Poland
ISBN 978-3-8392-0695-9

DAS KLASSENTREFFEN

1

Vereinzelte Schneeflocken rieselten vom Himmel. Es war klirrend kalt. Die arme Clotilde schien ziemlich verstört zu sein, während sie, völlig unzureichend geschützt vor den niedrigen Temperaturen, die Front ihrer *Auberge de la Cigogne* entlanggging, hin und her und her und hin. Suchend sah sie sich in alle Richtungen um.

Die *Auberge* nahm sich in der winterlichen Umgebung ungemein romantisch aus: das spitz zulaufende Giebeldach mit einem dicken weißen Polster bedeckt, der Erker mit Puderschnee gezuckert, die Fenster vom Küchendunst und der Kälte beschlagen. Die Wirtin jedoch nahm keinerlei Notiz von der Weihnachtsidylle, sondern setzte ihr hektisches, ja verzweifeltes Suchen fort.

Jules Gabin näherte sich ebenso neugierig wie besorgt seiner guten Bekannten. Erst als er direkt vor Clotilde stand, wurde diese auf ihn aufmerksam.

»Oh, *bonjour*, wollen Sie etwa zu mir, Monsieur le Commissaire?«, fragte die etwa 70-Jährige den halb so alten Ankömmling. Dabei rieb sie sich reflexartig ihre vor Kälte gerötete Nase.

Jules verzichtete diesmal darauf, seinen Rang zu korrigieren. Eigentlich war er Major bei der Gendarmerie, aber Clotilde nannte ihn seit Jahren immer nur Commissaire. »Komme ich wohl ungelegen?«, fragte er zurückhaltend, da er die Sorge in den Augen der Wirtin sehr wohl bemerkte.

»Ungelegen? Kommt drauf an: Wenn Sie mir beim Suchen helfen, kommen Sie gerade recht.«

»Nach was genau halten Sie denn Ausschau? Nach Ihrem Portemonnaie? Oder Ihrem Ehering? Oder was sonst haben Sie verloren?«

Ein unglücklicher Ausdruck zog sich quer über das faltenüberzogene Gesicht der Gastwirtin. »Wenn es doch nur so einfach wäre. Aber leider ist mir etwas weitaus Kostbareres abhandengekommen – zumindest in diesen Tagen ist es sehr wertvoll.«

Jetzt wollte es Jules aber wissen. Um was machte sich seine Bekannte bloß so große Sorgen? »Rücken Sie raus damit: So, wie Sie klingen, muss es sich ja mindestens um ein Brillantencollier handeln.«

Die stämmige Frau seufzte herzzerreißend, bevor sie den Grund ihrer Sorgen nannte: »Unser Weihnachtsbaum! Er ist weg. Verschwunden! Wie vom Erdboden verschluckt!«

»Moment, Moment!« Jules hob beruhigend die Hände. »Sie wollen sagen, dass Sie einen Christbaum verloren haben? Einen ausgewachsenen Tannenbaum? Und jetzt suchen Sie ihn hier auf dem

Trottoir, wo er doch ganz offensichtlich nicht sein kann?«

»Aber ich habe ihn vor nicht einmal zehn Minuten an die Hauswand gelehnt. Ich wollte nur schnell ein Vorlegedeckchen herrichten und ihn dann hereinholen und in der *winstub* aufstellen. Doch nun …«

»Tja, meine Liebe«, sagte Jules einfühlsam, »Sie werden sich mit dem unschönen Gedanken anfreunden müssen, dass Ihnen jemand den Baum gestohlen hat. Sie könnten wahrscheinlich das ganze Altstadtviertel abklappern, ohne auf eine Spur zu stoßen. Es hilft leider alles nichts, höchstens eine Anzeige. Aber die bringt nur etwas, wenn Sie eine genaue Beschreibung des Baums abgeben können.« Jules konnte sich ein Schmunzeln nicht verkneifen. »Wie sah er denn aus?«

Clotilde kniff die Augen zusammen: »Wie er aussah? Grün, mit vielen spitzen Nadeln«, sagte sie bissig.

»*Pardon*«, lächelte Jules, »ich wollte mich nicht lustig machen. Im Ernst: Warum holen Sie nicht einfach einen neuen?«

»Weil, verdammt, ich so kurz vor Weihnachten in ganz Colmar keine gut gewachsene Vogesentanne mehr bekomme!«, platzte es aus Clotilde heraus. »Allerhöchstens eine windschiefe Fichte.«

Jules konnte Clotildes Betroffenheit in gewisser Weise nachvollziehen. Denn ein Weihnachtsbaum stellte gerade im Elsass einen unverzichtbaren Bestandteil der Festtage dar. Angeblich war der Weihnachtsbaum genau hier, im Elsass, erfunden worden. Aus historischen Aufzeichnungen ging hervor, dass erstmals im Jahr 1539 im Straßburger Dom ein Baum aufgestellt worden war. Binnen kurzer Zeit breitete sich dieser Brauch über die gesamte Region aus und wurde so populär, dass die Stadt sogar verbot, an Weihnachten Nadelbäume zu fällen, um einen totalen Kahlschlag zu verhindern. Die Christbaum-Prototypen waren mit Obst, Oblaten, Nüssen und Lebkuchen geschmückt worden, hatte sich Jules einmal erzählen lassen.

Aber bei aller Liebe für diese glorreiche Tradition – Jules war eigentlich wegen etwas ganz anderem gekommen. Er zuckte mit den Schultern. Dann fischte er einen Zettel aus seiner Winterjacke und faltete ihn auseinander.

»Ob mit Tanne oder ohne: Unserer großen Sause heute Abend steht hoffentlich nichts im Wege, oder?« Er reichte der Wirtin das Papier. »Hier ist die endgültige Gästeliste. Die unterstrichenen Namen sind diejenigen, die ein Zimmer bei Ihnen benötigen.«

»Eigentlich ist die *Auberge* ja kein Hotel, sondern bloß eine bescheidene Herberge für einige wenige Gäste«, meinte Clotilde noch immer zerknirscht.

»Umso dankbarer bin ich, dass Sie zum dritten Advent die Freunde meines Schulabschlussjahrgangs bei Ihnen einquartieren.« Jules lächelte sie gewinnend an und schmierte ihr reichlich Honig ums Maul: »Sie wissen ja, ich komme ursprünglich aus Royan an der Atlantikküste. Einige meiner Bekannten sind bis heute noch niemals im Elsass gewesen, daher möchte ich ihnen nur das Beste bieten. Und was gibt es Authentischeres als Ihre *Auberge*?«

»Sie brauchen sich gar nicht einzuschmeicheln, denn das zieht bei mir nicht, weil ich den wahren Grund sehr genau kenne: Alle anderen Hotels sind um diese Jahreszeit belegt oder so teuer, dass es sich Ihre Freunde dreimal überlegen würden herzukommen.« Doch dann lächelte auch sie. »Aber klar: Ihre Nostalgie-Fete kann wie geplant bei uns stattfinden. Pierre und ich haben uns auch ganz speziell für euch einige weihnachtliche Leckereien ausgedacht. Lassen Sie sich überraschen …«

2

Wie immer, wenn der harte Kern des Abschlussjahrgangs vom *Le lycée de l'Atlantique* in Royan zusammenfand, war Jules von einer wohligen Vorfreude erfüllt: Er genoss es, frühere Weggefährten wiederzusehen, die es nach Ausbildung oder Studium in alle Himmelsrichtungen verschlagen hatte und die nun, in der Adventszeit, zusammenkamen, um sich auszutauschen und die vergangenen zwölf Monate seit dem letzten Treffen Revue passieren zu lassen. Meistens kamen sie in der alten Heimat zusammen, hin und wieder aber auch in der Wirkungsstätte der Fortgezogenen. So hatte es schon Wiedersehen in Paris, Brest und Nizza gegeben. Diesmal hatte sich Jules durchgesetzt mit seinem Vorschlag, es doch einmal mit dem Elsass zu versuchen.

Während die eigentlichen Festtage den Familien vorbehalten waren, blieb der Vorabend zum dritten Advent fest und unverrückbar reserviert für das Treffen der Ehemaligen – jedenfalls für die bis heute verbliebenen Unerschütterlichen. Diese mittlerweile mehr oder weniger gesetzten Persönlichkeiten zogen nun alle nach und nach an Jules vorbei, denn er hatte sich den besten Platz für die Begrüßung ausgesucht, den es in der *Auberge* gab: die Empfangstheke im Eingangsbereich des urigen Treppenhauses. Jules hatte Clotilde von dieser Position verdrängt und verteilte an ihrer Stelle die Crémant-Gläser an die Neuankömmlinge; ein prickelnder Cuvée aus 40 Prozent Pinot Gris, 35 Prozent Pinot Auxerrois, zwölf Prozent Chardonnay, acht Prozent Pinot Blanc, etwas Riesling und Pinot Noir. Sozusagen die Elsässer Antwort auf den Champagner.

Als Erstes trudelten Raphaël und Aurélie ein, wobei Aurélie eigentlich nicht zum Abschlussjahrgang dazugehörte, aber als Raphaëls Frau geduldet wurde und durch ihren herben Charme und ihre Schlagfertigkeit inzwischen ein gern gesehener Gast in ihren Reihen geworden war.

Raphaël, groß, gertenschlank und mit dem dichten blonden Haar seiner Jugend derjenige, der sich am besten von ihnen allen gehalten hatte, grüßte Jules mit einem freundschaftlichen Klopfer auf die Schulter. Aurélie ging beherzter zur Sache und umarmte ihn.

Gleich danach betraten Nathan und Giulia das festlich dekorierte Gasthaus: Nathan, der eine Karriere bei der *Armeé de l'Air*, der französischen Luftwaffe, hingelegt hatte, trug einen straffen Bürstenschnitt. Obwohl auch er als sportlich galt, hatte ihm sein Rang als höherer Offizier den einen oder anderen Marsch mit schwerem Gepäck erspart, sodass sein Pullover über einem nicht zu übersehenden Bäuchlein spannte. Giulia, seine temperamentvolle Gattin mit süditalienischen Wurzeln, drückte Jules zwei Küsschen auf die Wangen, bevor sie sich ihr Sektglas schnappte.

Gabriel kam gleich nach ihnen. Der schlaksige, hochgewachsene Literat mit markanter Bogennase begrüßte Jules ungewohnt herzlich und umarmte ihn. Der freiberufliche Autor, der sich – soweit Jules wusste – mit seiner Schreiberei mehr schlecht als recht über Wasser halten konnte, wirkte höchst zufrieden und optimistisch. Das freute Jules für den sonst eher zurückhaltenden und von Selbstzweifeln geplagten Grübler.

Clément erschien im Verbund mit Louis. Beide kamen Jules schon leicht angetrunken vor, lehnten den angebotenen Crément aber dennoch nicht ab. Louis machte auf Jules einen wie meistens ausgeglichenen und mit sich selbst vollauf zufriedenen Eindruck. Auch wenn sein Haar nicht dichter und sein Körper nicht schlanker geworden war, ging es ihm offensichtlich gut. Designerbrille und Krokolederschuhe verrieten Jules, dass auch seine Geschäfte in der Medizintechnik ordentlich liefen. Er prahlte mit protziger Uhr und fettem Siegelring und seinen Porscheschlüssel steckte er erst ein, nachdem er sicher sein konnte, dass ihn jeder gesehen hatte.

Louis durfte offenkundig einen Wohlstand genießen, der Clément nicht vergönnt war: Dieser wirkte abgerissen und leicht heruntergekommen, was nicht allein seinen zu langen und fettigen Haaren zuzuschreiben war. Jules fragte sich, ob Cléments Einkommen als Weinbauer zu schmal oder die Ansprüche seiner Ex-Frau zu hoch sein könnten – oder sogar beides zutraf.

Hugo und Josefine hingegen boten ein in sich sehr homogenes Erscheinungsbild: Ihr guter Eindruck, der sich aus der sportlich-modischen Kleidung ebenso wie aus der jovialen Art des Auftretens ergab, erfreute Jules. Er gönnte den beiden ihr gemeinsames Glück, das sie schon in ihrer Schulzeit begründet hatten und nun als Paar auslebten. Finanziell schien es um die Bankangestellte bei *der Société Générale* und den freiberuflichen Finanzberater mit eigener Agentur ebenfalls gut bestellt zu sein.

Jean-Pascal und Jodine beendeten das Stelldichein der Ehemaligen. Auch bei ihnen handelte es sich um ein Ehepaar, das bereits im *Lycée* zueinandergefunden hatte. Beide waren ihren ursprünglichen beruflichen Lebenszielen treu geblieben: Während bei Jodine stets das soziale Engagement überwogen hatte und sie ihre Erfüllung in einer Kindertagesstätte fand, war Jean-Pascal Ingenieur geworden und hatte sich zu einer Koryphäe im Brückenbau entwickelt. Er hatte promoviert und vor Kurzem sogar eine Professur ergattert. Jules drückte seinen alten Freund fest an sich.

Als Nachzügler schneite ein inzwischen etwas krumm gehender Senior herein, dessen rundes Gesicht von einem weißen Vollbart umrahmt wurde: Professeur Gawain Guillaumin war die einzige Lehrkraft von früher, die den Kontakt bis heute gehalten und kaum ein Adventstreffen versäumt hatte.

Der Platz am Empfangstresen verlor an Reiz, sobald der letzte Gast eingetroffen war. Jules beeilte sich, das Silbertablett mit einigen übrigen Sektkelchen loszuwerden, und mischte sich unter die angeregt plaudernde Gruppe.

Nachdem die Übernachtungsgäste ihre Zimmer bezogen hatten und nun wieder im Gastraum eintrudelten, wechselten zumindest die Männer sehr schnell vom Crément zum Bier, hatte Clotilde doch speziell für diesen Abend ihr sonst eher auf Wein (immerhin betrieb auch ihr Mann Piere eine kleine, aber feine Weinparzelle) abgestimmtes Getränkesortiment um sechs Raritäten aus Kleinstbrauereien aus der Umgebung ergänzt.

Jules prostete sich mit Hugo zu, der ihn aus seinem wie stets gebräunten Gesicht zufrieden ansah. Hugo, groß, breitschultrig und mit vollem schwarzem Haar gesegnet, wandte sich gleich darauf wieder seiner Begleiterin zu. Wie Jules neidlos eingestehen musste, hatte Hugo mit seiner Josefine wirklich das große Los gezogen. Die hinreißend hübsche Blondine hatte noch immer die Figur einer 20-Jährigen, und ihre Augen konnten Männerherzen so mühelos schmelzen lassen wie auch schon vor fast zwei Jahrzehnten in der Schule.

Jules bemerkte, dass er nicht der Einzige war, der Josefine bewundernd betrachtete: Clément, der ein Studium abgebrochen und stattdessen den Weinbaubetrieb seiner Schwiegereltern im Umland von Bordeaux übernommen hatte, umklammerte bereits sein zweites Bierglas, während er die katzenhafte Josefine mit Blicken verschlang.

Gleich hinter ihm erspähte Jules Jodine, die Frau des Ingenieurs. Auch sie interessierte sich für Josefine, wobei ihre Blicke alles andere als freundlich waren. Die Abscheu (oder den Neid?) über das kokette Auftreten der Jahrgangsschönsten konnte sie nicht verbergen.

»Na, beinahe wie in alten Zeiten, habe ich recht?« *Professeur* Guillaumin hatte sich zu Jules gesellt und musterte die gemischte Truppe der Ehemaligen. »Ein guter Jahrgang«, merkte er an, wobei Jules nicht so recht wusste, ob der alte Lehrer auf seine früheren Schüler oder aber auf das Gläschen Gewürztraminer anspielte, das er in der Hand hielt.

»Schmeckt erstaunlich gut«, lobte der alte Lehrer und bestätigte damit Jules' Vermutung, dass er sich auf den Wein bezogen hatte. »Und überhaupt gefällt es mir ganz ausgezeichnet hier.«

Ja, da hatte er recht. Das Elsass und speziell Colmar war wirklich ein hübsches Fleckchen Erde, fand Jules.

Hier stand Fachwerkhäuschen an Fachwerkhäuschen – und selten standen sie gerade. In allen Farben des Regenbogens reihten sich Häuser aus sechs Jahrhunderten an schmalen Straßen oder an den Kanälen auf. Rechts und links erstreckten sich Gässchen mit Cafés und kleinen Lädchen. Meist waren sie mit vielen Blumen geschmückt, jetzt im Winter herrschte die Weihnachtsdekoration vor und blieb auch noch weit ins neue Jahr hinein, wie Jules inzwischen wusste.

Mit begeistertem Ausdruck knüpfte Guillaumin an: »Wissen Sie, ich bin schon ein paar Tage früher angereist und habe mir auch den wunderschönen Weihnachtsmarkt in Strasbourg angesehen. Dort kam ich in den Genuss, die ›Strasbourg Sternensuppe‹ zu kosten. Kennen Sie die, Jules?«

»Nein, die ist mir bisher entgangen.«

»Ach, wirklich? Das sollten Sie unbedingt nachholen. Im Dezember wechseln sich die Sterneköche der Stadt auf der Place Kléber jede Woche ab, um eine originelle Suppe anzubieten. Eine gute Tat für einen guten Zweck, denn mit dem Erlös dieser ›Sternensuppe‹ werden Integrationsprojekte finanziert. Ich hatte eine Kürbissuppe mit Kokosnuss-Zitronengras, ein paar Tropfen Riesling – ein Gedicht.«

Wie aufs Stichwort strömte ein köstlicher Duft aus der kleinen Küche, zog Jules' Aufmerksamkeit auf sich und ließ ihm das Wasser im Mund zusammenlaufen.

»Liebe Gäste«, unterbrach Clotilde die eifrigen Gespräche und das Gläserklirren. Die nicht besonders große Wirtin war auf einen Stuhl gestiegen, um das Abendprogramm zu verkünden: »Ihnen steht mein Haus an diesem besonderen Abend exklusiv und ausschließlich zur Verfügung. Heute Abend ist die Öffentlichkeit ausgeschlossen, und es gibt ein Open End. Tun Sie sich also keinen Zwang an und feiern Sie! Lassen Sie die alten Zeiten aufleben! Und genießen Sie die Köstlichkeiten unseres Büfetts. Vor allem möchte ich Ihnen die hausgemachten Lebkuchen ans Herz legen. Eine außergewöhnliche Eigenkreation mit einer Extraportion Sternanis.«

Jules horchte auf: Im Elsass gab es die flachen Honiglebkuchen sowie das *Pain d'épices*, ein eher luftiges Gebäck. Zu den klassischen Lebkuchenvarianten zählten außerdem die köstlichen *Berawecka*. Die Tradition der *Berawecka*, eine Art Früchtebrot mit getrockneten Birnen, zog sich wie ein Gürtel vom Elsass über Süddeutschland bis nach Tirol und in die Ost- und Zentralschweiz. Rezepturen und Zubereitungen variierten, hatten aber eines gemeinsam: Sie wurden meist im November gebacken und begleiteten als Kraftspender die Menschen durch die kühle Zeit. Die Elsässer Version ähnelte dem schwäbischen Hutzelbrot. Neben Hutzeln waren andere Trockenfrüchte wie Zwetschgen und Aprikosen sowie Anis geschmacklich dominierend. Wie Jules wusste, hatten die sogenannten Lebzelter um 1500 eine Zunft in Strasbourg gegründet, die sich ganz dieser Spezialität widmeten. Der kleine Vorort Gertwiller überflügelte jedoch bald die alten Lebkuchenzentren und stand heute für Elsässer Lebkuchentradition. Der *Palais du Pain d'Epices* in Gertwiller hatte sogar ganzjährig geöffnet, damit Lebkuchen-Fans auch im Hochsommer nicht darauf verzichten mussten.

Freudiger Beifall brandete auf, doch die Wirtin winkte ab. »Bevor Sie sich dem Schlemmen hingeben, muss ich Sie zunächst in die Pflicht nehmen. Um die Kosten für diesen Abend im Rahmen zu halten – Ihr Klassenkamerad Monsieur Gabin ist nämlich ein ausgewiesener Sparfuchs – und um die Atmosphäre ein wenig intimer zu gestalten, habe ich auf den Einsatz von Personal weitgehend verzichtet. Pierre und ich sind heute die einzigen Servicekräfte für Sie. Ich darf Sie daher bitten, beim Auftragen des Büfetts behilflich zu sein. Meine Küche steht Ihnen offen. Fühlen Sie sich wie zu Hause!«

Während die meisten Gäste Clotildes Aufforderung nachkamen und in der Küche verschwanden, schien die Ansprache an Gabriel völlig vorbeigegangen zu sein. Er saß in einträchtigem Plausch mit Aurélie und Altlehrer Guillaumin auf einer der rustikalen Bänke. Jules wollte die drei unterbrechen und sie auf die Vorbereitung des Abendessens hinweisen, doch Gabriel war in seinem Redefluss nicht zu bremsen:

»… das ist die Sensation schlechthin«, sagte er mit vornübergebeugtem Oberkörper. »Ich habe ein ganzes Jahr in dieses Projekt gesteckt, Tag und Nacht habe ich an den Formulierungen gefeilt.«

»Du bist wirklich davon überzeugt, dass es der große Wurf wird?«, fragte Aurélie und schien sich ehrlich über den Enthusiasmus des Schriftstellers zu freuen.

»Ja, denn diesmal habe ich alles anders gemacht. Ich habe ja schon mehr als genug Flops hinnehmen müssen. Du kannst mir glauben: Es tut einem Autor beinahe schon physisch weh, wenn seine mit Herzblut verfassten Werke verramscht werden, weil sie niemand zum regulären Preis kaufen wollte.«

»Um was geht es denn in Ihrem neuen Roman?«, wollte Guillaumin wissen.

»Nun, es ist nicht direkt ein Roman«, gab Gabriel nur zögernd preis. »Vielmehr ein …«

Jules ging dazwischen: »Ich unterbreche euch nur ungern. Aber wir alle haben einen Bärenhunger, und Clotilde braucht helfende Hände bei der Küchenarbeit.«

Aurélie löste sich schweren Herzens von der Plauderrunde und folgte Jules. Nur der alte Lehrer Guillaumin und Gabriel blieben beharrlich sitzen und vertieften sich wieder in ihr Gespräch.

Als Jules mit seiner Begleiterin die Küche betreten wollte, war die Arbeit jedoch schon weitgehend getan.

Glück gehabt, dachte sich Jules, nahm sich aber vor, später zumindest beim Abräumen zu helfen.

Gleich darauf wurde das Büfett eröffnet. Jules konnte kaum fassen, was Clotilde für ein relativ bescheidenes Gesamtbudget an Köstlichkeiten zusammengestellt hatte. Auf einer Anrichte standen eng an eng Platten und Schüsseln mit diversen kulinarischen Highlights.

Die Wirtin wirbelte emsig umher, korrigierte die Anordnung der einen oder anderen Speise und erläuterte jedem und jeder, der oder die es hören wollte (oder auch nicht), was sie für den besonderen Abend gezaubert hatte: »Zunächst ein Meerrettich-Süppchen, für das Pierre und ich gestern Abend schon fleißig Zwiebeln, Kohlrabi und Kartoffeln geschält und gewürfelt haben. Mit Butter angeschwitzt und mit Brühe 20 Minuten gesotten, habe ich sie püriert und mit Salz, Pfeffer, Petersilie und einem ordentlichen Schlag Meerrettich abgeschmeckt. Über Nacht blieb sie stehen, um schön durchzuziehen. Jetzt wird sie warm serviert, dazu nehmt ihr euch am besten ein, zwei Stück von unserem Laugengebäck.«

Neben der Suppenterrine dufteten goldbraun gebratene Räucherforellenküchle in unmittelbarer Nachbarschaft zu einer Schale deftigem Kürbiskas, der aus Kürbisfleisch, Frischkäse, Crème fraîche, Schnittlauch und Gewürzen bestand. Fehlen durften auch die Dampfnüdle nicht, köstlich gedämpfte

Brötchen, leicht karamellisiert und mit Zimt bestreut. Die süße Version gab es mit Apfelkompott oder Obst in Sirup oder herzhaft zusammen mit der Suppe.

Je nach Appetit, Anstandsform und Kalorienbewusstsein bedienten sich die Gäste an der Tafel. Während Porschefahrer Louis gleich beim ersten Durchgang zwei Teller bis zum letzten Fleck füllte, beließ es Josefine bei einem Salat mit Flusskrebsen. Jules selbst nahm, vom Hunger getrieben, einen großen Teller vom »handfesten Kartoffelgulasch«, wie Clotilde ihre betörend duftende und ziemlich alemannisch angehauchte Hauptspeise nannte.

Die Altschüler verteilten sich an verschiedene Tische in der vom Ofenfeuer gewärmten *winstub*. Die Töne, die aus allen Richtungen kamen, waren aber gleich: »Mmmmm!«, »Oho!«, »Ahhh!«, »Köstlich, einfach köstlich.«

Giulia labte sich, anstatt noch einmal aufzustehen, am Teller ihres Mannes Nathan und rief Clotilde quer durch den Raum ein Kompliment zu: »*Excellent*, Clotilde, Sie sind eine Meisterin! So gut habe ich lange nicht gegessen.«

Das sollte etwas heißen, wusste doch jeder hier, dass Giulias Vater selbst Gastronom war und eines der besten italienischen Restaurants in ganz Frankreich betrieb. Nun ja, vielleicht auch nur im ganzen Département Charente-Maritime oder auch nur in

Royan, dachte sich Jules. Aber gut schmeckte es dort auf jeden Fall!

Das zufriedene Schmatzen, Schlürfen und Kauen unterband für eine Weile jede weitere Unterhaltung und wurde erst beendet, als ein ersticktes Husten die gesellige Schlemmerharmonie durchbrach. Es ging von Gabriel aus, der aufgestanden war und nun in gekrümmter Haltung dastand. Er röchelte und stieß kehlige Laute aus. In der Hand hielt er eine Scheibe von Clotildes Lebkuchen.

Auch andere Gäste erhoben sich von ihren Plätzen und wandten sich ihm besorgt zu. Was tun? Jules fackelte nicht lange und klopfte Gabriel beherzt auf den Rücken, damit sich das Lebkuchenstückchen in seinem Hals lösen konnte.

Doch das half nichts. Gabriel hustete weiter. Erst heftig, bald schwächer werdend. Seine Gesichtsfarbe wandelte sich von einem gesunden Rot in ein alarmierendes Dunkelblau. Nun klopfte ihm auch der kräftige Louis zwischen die Schultern. Zwecklos. Gabriel rang nach Luft. Jodine schob ihm einen Stuhl unter, auf den er sich sogleich sinken ließ.

Gabriel holte noch einmal tief Atem, dann sackte er wie unter Krämpfen zuckend in sich zusammen. Der Lebkuchen entglitt seiner erschlaffenden Hand und rollte über die Holzdielen des Fußbodens.

3

Mit der Ambulanz trafen die diensthabenden Kollegen der Gendarmerie ein, die Jules vorsichtshalber informiert hatte. Denn dass jemand an einer von Clotildes Speisen starb, kam ihm verdächtig vor.

Auch seine Frau, Joanna Laffargue, hatte er verständigt, denn es konnte ja nicht schaden, wenn eine Untersuchungsrichterin anwesend war, fand Jules, der so schnell wie möglich Klarheit haben wollte. Außerdem hatte sie heute ohnehin Bereitschaft.

»Was ist mit der Kleinen?«, erkundigte sich Jules bei ihr, nachdem er sie mit Küsschen links und rechts begrüßt hatte.

»Dem Baby geht's gut«, beruhigte sie ihn. »Bei Oma wird sie verwöhnt, da fehlt es ihr an nichts. Frag lieber, wie es mir geht, denn eigentlich hatte ich mich auf einen netten Abend ohne Mann und Baby gefreut.«

Das Erste, was seine schöne Frau, die Jules um einen halben Kopf überragte und einen sportiven Kurzhaarschnitt trug, unternahm, nachdem sie sich einen Überblick verschafft und sich mit dem Arzt beratschlagt hatte, bestand darin, Jules beiseitezuschieben. Mit den Worten »Du bist nicht im Dienst und außerdem befangen, lass uns das machen« wandte sie sich wieder den zwei Uniformierten zu.

Der Rest der Gesellschaft war in einen Nebenraum abgeschoben worden, wo sich nun auch Jules einfand, obwohl er lieber bei den Kollegen und Joanna geblieben wäre. Kaum kam er dazu, bombardierten die anderen ihn mit Fragen, auf die er keine Antworten hatte. Die Stimmung war gedrückt. Es flossen Tränen.

Eine halbe Stunde verstrich, bis Joanna sich wieder sehen ließ und Jules zu sich winkte.

»Was hast du mir zu sagen?«, zischte sie ihm zu.

»Ich? Nichts!«, gab Jules mit leiser Empörung von sich. »Viel interessanter ist es, was du mir zu sagen hast: Gabriel ist doch nicht wirklich an einem Stück Lebkuchen erstickt, oder?«

»Nein, nicht wirklich. Schon eher an einem Stück Mandel.«

»Mandel? Da sind doch bloß Trockenfrüchte drin.«

»Genaueres lässt sich erst nach einer Obduktion sagen, aber der Arzt hat eine Vermutung geäußert, die mir und euch den Rest des Abends vermiesen wird: Die Todesursache liegt offenbar in einer tödlichen Dosis Blausäure, dem konzentrierten Extrakt der Bittermandel.«

»Du meinst ...«

»Ja, wie es aussieht, ist dein Freund einem Giftmordanschlag zum Opfer gefallen. Wie gesagt: Wir müssen zwar noch die weiteren Untersuchungen abwarten, aber wir sollten davon ausgehen, dass wir es hier mit einem Tötungsdelikt zu tun haben.«

»Das ist nicht möglich. Clotilde würde nie …«

»Aha, der Lebkuchen stammt also tatsächlich aus der Küche von Clotilde und Pierre«, folgerte Joanna sofort.

»Nein! Das heißt: ja. Aber nein, Clotilde hätte gar keinen Grund für … für …«

»Über den Grund unterhalten wir uns später. Es ist anzunehmen, dass der Lebkuchen ein Gift enthielt, das zum Tod eines Menschen führte. Ich werde nicht drumherum kommen, mich der Sache anzunehmen. Aus meinem Bereitschaftsdienst wird nun also ein richtiger.« Sie schlug die Ärmel ihrer Bluse zurück. »Was muss ich wissen?«

Jules erklärte ihr, dass es sich um eine geschlossene Gesellschaft handelte und die in Betracht kommende Personengruppe daher sehr überschaubar sei. Bei der Frage danach, wer den vergifteten Lebkuchen auf dem Büfett oder sogar gezielt auf Gabriels Teller platziert haben könnte, musste Jules allerdings passen: »Clotilde hat uns alle zum Küchendienst eingeteilt. Es hätte also fast jeder sein können.«

Joannas Wangen nahmen eine kräftige Färbung an, was sie immer taten, wenn sie angespannt war. »Fast? Warum sagst du fast?«

»Weil, na ja, weil sich drei Teilnehmer ums Helfen gedrückt haben: Gabriel selbst, denn er war in ein Gespräch mit Aurélie und unserem alten Lehrer Guillaumin vertieft. Aurélie, das ist die mit den kurzen Haaren und der stylischen Brille dort drüben. Ja, und genau genommen gehörte ich auch dazu, denn ich wollte die drei zur Mithilfe animieren und war dann selbst zu spät dran, um noch ein Tablett tragen zu können.«

»Mit anderen Worten: Aurélie, euer Lehrer und du scheiden aus dem Kreis der potenziellen Täter aus«, schlussfolgerte Joanna. »Dann bleiben aber immer noch genügend andere potenziell Verdächtige übrig. Ich fürchte, das wird eine lange Nacht.«

4

Joanna schien von ihrem Rufbereitschaftstermin am Samstagabend alles andere als begeistert zu sein. Das hatte Jules schon bald nach ihrer Ankunft gespürt – und die Laune wurde nicht besser.

»Da glaubt man, einen freien Abend zu haben vom Dienst, vom Ehemann und vom Baby, geht ins Kino, um sich den neuesten Omar-Sy-Film anzusehen – und dann wird ein Mord gemeldet«, ließ sie ihren Frust raus, als sie für kurze Zeit unter sich waren.

Jules stimmte ihr zu, machte aber auch klar, dass es keinen Grund gebe, die berechtigte Enttäuschung jetzt an ihm auszulassen.

Daraufhin nahm sich Joanna zusammen und umriss die Lage: »Ihr feiert euer traditionelles Jahrgangstreffen. Unter den Gästen befindet sich ein leidlich erfolgreicher Autor. Der steht kurz vor der Herausgabe eines neuen Werkes und hofft auf einen Erfolg. Der Autor isst einen vermutlich vergifteten Lebkuchen und stirbt. Hatte er Feinde unter den Gästen? Nein, jedenfalls ist dir darüber nichts bekannt.«

»Korrekt und treffend analysiert«, meinte Jules mit einem milden Schmunzeln. »Welche Schlüsse ziehst du daraus?«

»Vorerst überhaupt keine. Ich muss mehr wissen über deine Schulfreunde, viel mehr!«

Mit diesen Worten ließ sie Jules zurück und ging in die *winstub*, wo die verunsichert herumstehenden Gäste warteten. Jules folgte ihr.

Joanna stellte sich in die Mitte des holzvertäfelten Raums mit den mächtigen Deckenbalken. Sie sprach mit lauter, klarer Stimmen: »*Mesdames et Messieurs*, ich darf um Ihre Aufmerksamkeit bitten: Sie alle waren heute Abend Zeugen eines mutmaßlichen Verbrechens. Meine Aufgabe besteht darin, gemeinsam mit den Kollegen der Gendarmerie dieses Verbrechen aufzuklären. Mir ist bewusst, dass dies mit Unannehmlichkeiten für Sie verbunden sein wird, aber leider führt kein Weg daran vorbei: Da die Tat innerhalb eines geschlossenen Personenkreises stattgefunden hat, muss ich Sie bitten, sich für eine Befragung hier vor Ort bereitzuhalten. Um es salopp auszudrücken: Niemand verlässt dieses Gebäude.«

Ein Raunen stieg auf, gleich darauf folgte die erste Beschwerde: »Niemand darf gehen? Was soll das denn heißen?« Louis drängte sich in den Vordergrund und schob provozierend sein Kinn vor.

Joanna ließ ihn abblitzen: »Genau das, was ich gesagt habe. Im Moment sind die Kollegen der Spurensicherung noch beschäftigt. Anschließend wird der Leichnam in die Rechtsmedizin überführt.«

Ein Schluchzen unterbrach Joannas Erläuterung: Josefine konnte ihre Tränen nicht länger zurückhalten und presste ihren Kopf gegen die Schulter von Hugo.

Joanna wartete einen Moment ab, um dann fortzufahren: »Es dürfte im Interesse aller Anwesenden liegen, die Befragung der Zeugen möglichst schnell und ohne Zeitverlust durchzuführen. Da die Kollegen der Gendarmerie derzeit nur eine Feiertagsbesetzung haben und noch dazu mit einem anderen Kapitalverbrechen beschäftigt sind, bin ich bereit, die Verhöre selbst vorzunehmen. Wir fangen am besten gleich an. Je bereitwilliger Sie mitmachen, desto schneller können Sie nach Hause gehen. Einverstanden?«

»Was bleibt uns anderes übrig«, maulte Nathan. Der Offizier hatte sich unter einem geselligen Abend wohl etwas anderes vorgestellt, als verhört zu werden.

Auch Jules war nicht wohl bei diesem Gedanken. Immerhin kannte er die Personen, um die es ging, seit Jahrzehnten, zählte sie zu seinen Freunden und würde für jede und jeden Einzelnen die Hände ins Feuer legen. Er war sich nicht schlüssig, ob nicht doch ein bisher unbekannter Außenstehender für den Giftanschlag verantwortlich gemacht werden müsste.

Doch um die Einzelbefragungen führte kein Weg vorbei, das war ihm durchaus klar. Also ließ sich

Joanna von Clotilde ein freies Zimmer im Obergeschoss für ihre Verhöre herrichten. Es war weder besonders groß noch hell und die Decke so niedrig, dass man beim Eintreten den Kopf einziehen musste.

Jules sprach Joanna darauf an: »Meinst du, das hier ist wirklich die geeignete Umgebung?«

»Wäre es dir lieber, wenn ich dich und deine Freunde ins Gericht zitiere? Oder sollen wir alle in die Gendarmerie abtransportieren lassen?«, fuhr Joanna ihn ziemlich gereizt an. »Im Einsatzwagen und mit Handschellen– denn jeder deiner Freunde könnte ja der Mörder sein.«

Jules winkte ab. »Jaja, schon gut. Tu nur deine Pflicht.«

»Apropos Pflicht«, griff Joanna seine Worte auf. »Zur Pflicht eines jeden Bürgers gehört es, dem Staat im Bedarfsfall zu dienen. Deine Hilfe ist heute gefordert: Du bist neben Zeugin Aurélie und eurem Lehrer der Einzige, der nicht in der Küche war und somit keine Gelegenheit hatte, den tödlichen Lebkuchen unterzuschmuggeln.«

»Und?«, wunderte sich Jules. Denn als Ermittler war er wegen seiner freundschaftlichen Nähe zu den Verdächtigen heute ja außen vor.

»Ich mache dich zu meinem Protokollanten. Darf ich dich bitten, an den Verhören teilzunehmen und fleißig mitzuschreiben?«

»Na toll«, meinte Jules entgeistert.

»Tu nicht so«, stichelte Joanna. »Diese Aufgabe kommt dir doch sehr gelegen. Denn wenn du wegen Befangenheit schon nicht selbst ermitteln darfst, bleibst du so wenigstens auf dem Laufenden – und kannst mir sagen, wenn dir am Verhalten deiner Bekannten etwas komisch vorkommt.«

5

Joanna hätte wohl am liebsten sofort mit der ersten Befragung losgelegt, doch da machte ihr Clotilde einen Strich durch die Rechnung. Sie bestand darauf, dass ihre Gäste erst einmal etwas Anständiges zu essen bekamen. Denn nach dem Lebkuchenzwischenfall war das Abendprogramm ja abrupt unterbrochen worden, und inzwischen knurrte so manchem der Magen, begründete die Wirtin.

»Was soll es denn geben?«, fragte Joanna skeptisch. Wohl, weil sie keine weitere potenziell tödliche Mahlzeit servieren lassen wollte.

»*Tartiflette*«, verkündete Clotilde voller Stolz. »Das ist ein Kartoffel-Käse-Gratin, ein köstlicher Winterauflauf.«

Auf dem Weg in die Küche erfuhren sie, dass für dieses üppige Gratin entscheidend der richtige Käse sei. »Es gibt nach einem langen kalten Schneetag nichts Besseres als diesen Elsässer Kartoffelauflauf mit Reblochon-Käse und Speck. Das Gericht passt sehr gut zu einem grünen Salat mit Essigdressing, um dieses doch sehr reichhaltige Gericht geschmacklich ein wenig auszubalancieren. Und dazu ein trockener Weißwein oder sogar eine heiße Tasse Tee.«

Joanna und Jules sahen Clotilde dabei zu, wie sie sich gemeinsam mit ihrem ebenso schweig- wie genügsamen Mann Pierre ans Werk machte.

Der Backofen wurde auf 200 Grad vorgeheizt, eine Menge Kartoffeln in einen großen Topf mit kaltem gesalzenem Wasser gegeben und zum Kochen gebracht. Schon nach zehn Minuten goss Pierre die Erdäpfel ab, während Clotilde in der Zwischenzeit Zwiebeln und Knoblauch hackte, Speck grob in Stücke schnitt, alles in Olivenöl erhitzte und schließlich mit Weißwein ablöschte.

Ruckzuck hatte Pierre die blanchierten Kartoffeln geschält und in Scheiben geschnitten. Die Hälfte gab er in eine ausladende Auflaufform, würzte mit Salz und Pfeffer und bedeckte die Scheiben mit einem Teil der Zwiebel-Speck-Masse. Dann verteilte er mit geübter Bewegung reichlich Reblochon-Käse darauf und wiederholte alles mit den restlichen Zutaten. Er goss Milch an und schob den Auflauf in den Ofen, wo er 30 bis 40 Minuten goldbraun backen sollte.

»Geben Sie den Leuten die Gelegenheit, sich zu stärken«, empfahl sie Joanna, die immer wieder auf die Uhr sah. »Sie werden sehen: Nach einem guten Essen redet es sich viel leichter, und die Anspannung ist nicht mehr so groß.«

Joanna stimmte mit etwas gequälter Miene zu. Sie war in keiner leichten Lage, dachte Jules, denn sie hatte es nicht mit irgendeinem x-beliebigen Fall und mit Menschen zu tun, die sie nicht kannte und zu denen sie in keiner Beziehung stand. Nein, hier ging es um einen Personenkreis, der Jules und damit ihrem Mann nahestand. Das hieß zwar nicht zwangsläufig, dass sie ebenfalls befangen war, doch gänzlich frei von Vorbehalten konnte auch Joanna nicht an die Sache herangehen.

Jules würde versuchen, ihr die Arbeit zu erleichtern und so viel wie möglich dazu beizutragen, den Schuldigen oder die Schuldige bald zu finden.

Gleich nach dem Essen sollte es losgehen!

6

Den Anfang machte Raphaël. Er ließ die anpackend optimistische Art missen, die Jules mit ihm verband, als er den provisorischen Verhörraum betrat. Man sah ihm an, wie unwohl er sich in seiner Haut fühlte, als er ihnen zunickte und sich dann einen Stuhl heranzog, um sich zu setzen. Aber was sollte das schon bedeuten? Denn es war völlig normal, in einer so ungewohnten Situation nicht locker und entspannt zu sein.

Joanna legte ihm als Erstes die Spielregeln offen: »Ich muss Sie darüber belehren, dass ich vorerst jeden Anwesenden lediglich als Zeugen und nicht als Beschuldigten vernehmen werde. Insofern besteht keine Notwendigkeit, einen Anwalt hinzuzuziehen. Sie können zur Sache aussagen oder von Ihrem Recht auf Aussage- und Zeugnisverweigerung Gebrauch machen. Wollen Sie dieses Recht in Anspruch nehmen?«

Raphaël sah zunächst sie und dann Jules an, der mit dem Stift in der Hand neben ihr saß. »Was raten Sie mir denn? Ich habe ja nichts zu verbergen. Jules, was meinst du?«

»Ich rate, die Vernehmung zuzulassen«, kam Joanna einer Antwort von Jules zuvor.

Raphaël nickte zögerlich. »Also gut. Ich bin bereit für Ihre Fragen.«

Jules musterte seinen ehemaligen Schulkameraden, dachte an frühere Zeiten und daran, dass auf Raphaël immer Verlass gewesen war. Durch dick und dünn konnte man mit ihm gehen. Aber wie sah das heute aus? Menschen veränderten sich. Bei ihren Jahrestreffen redeten sie ja meist nur über Belanglosigkeiten und blieben eher an der Oberfläche. Probleme wurden gern ausgeklammert. Jules konnte daher nicht mit Sicherheit sagen, welches Weltbild Raphaël heute hatte. Ob er noch dieselben Werte teilte wie damals?

»Wie sah Ihre persönliche Beziehung zu dem Opfer Gabriel K. aus?«, stellte Joanna ihre erste Frage und unterbrach damit Jules' Gedankengänge.

»Beziehung?« Raphaël kräuselte die Stirn. »Von einer persönlichen Beziehung kann wohl nicht die Rede sein. Natürlich kannte ich Gabriel. Wir alle kannten Gabriel. Aber ich stand ihm nicht besonders nahe, da hatten andere mehr Kontakt zu ihm. Wir haben uns nach der Schulzeit nicht mehr gesehen und nicht gesprochen. Außer bei den Adventstreffen. Dir ging es doch auch nicht anders, Jules. Oder?«

Wieder bekam Jules keine Gelegenheit zu antworten. »Die Fragen stelle ich«, machte Joanna deutlich. »Sie unterhielten also – abgesehen von Anlässen wie heute – keinerlei Verbindung mehr zu Gabriel K.?«

»Nein. – Das heißt ...«

Joanna lehnte sich vor. »Ja?«

»Aurélie, meine Frau, hatte wohl in letzter Zeit ab und zu wieder mit ihm zu tun. Allerdings nur über Social Media. Sie ist bei *Facebook* und *Instagram*.«

Interessant, fand Jules. Dass Aurélie die sozialen Medien nutzte, wunderte ihn nicht, wohl aber, dass auch Gabriel da mitmachte. Das passte nämlich nicht, und hatte Jules ihn nicht erst im letzten Jahr über Leute lästern hören, die unbedacht ihre persönlichen Daten im Netz teilten?

»Lassen wir Ihre Frau bitte zunächst außen vor«, bestimmte Joanne. »Mich interessiert vorerst nur Ihre eigene Rolle. Wie war Ihre Meinung über Gabriel K.?«

»Meine Meinung?« Wieder wirkte Raphaël überfordert. »Na, Sie stellen Fragen. Was soll ich sagen? Gabriel ist … ich meine, war …« Er winkte ab. »Ach, vergessen Sie's, man soll ja nicht schlecht über Tote reden.«

»Nur zu«, ermunterte Joanna ihn. »Nehmen Sie bitte keine Rücksicht auf die Pietät.«

»Also gut: Gabriel war der typische Eigenbrötler, was Jules sicher bestätigen wird. Ein Junggeselle, wie er im Buche steht. Er hat nie die Richtige abgekriegt, andererseits aber auch nicht die Freiheit ausgekostet, die er als ungebundener Mann vielleicht hätte genießen können. Wenn Sie mich fragen, würde ich ihn als ziemlich frustriert und verbohrt beschreiben.

Na ja, was ich sagen will, ist, dass ich den Eindruck hatte, er würde sich aufgeben. In den letzten Jahren zeichnete sich ziemlich deutlich ab, dass es mit ihm nur noch bergab ging.«

»Zumindest beruflich schien es aber doch bergauf zu gehen«, entgegnete Joanna. »Nach dem, was ich bisher weiß, brüstete sich Gabriel K. damit, kurz vor der Veröffentlichung eines Bestsellers zu stehen. Jedenfalls war er wohl davon überzeugt.«

Raphaël verzog das Gesicht. »Ach was! Auf solchen Höhenflügen ist er schon öfters gewesen und hat dann immer eine ziemlich herbe Bauchlandung hingelegt. Ich glaube, mit solchen Prahlereien wollte er nur von seinen Misserfolgen ablenken. Den beruflichen, vor allem aber den privaten.«

Jetzt wird es interessant, dachte sich Jules. Worauf Raphaël da wohl anspielte? Man durfte gespannt sein …

»Werden Sie bitte konkreter«, forderte Joanna ihn auf.

»Tja«, druckste Raphaël herum, »eigentlich wollte ich ja nicht der Erste sein, der Sie darauf bringt, aber früher oder später werden Sie es sowieso erfahren: Oder hat Jules es Ihnen vielleicht auch schon gesagt?«

»Bitte keine Gegenfragen«, rügte Joanna ihn. »Fahren Sie fort.«

»Also gut: Gabriel war in der Schulzeit bis über beide Ohren in Josefine verknallt.«

Das stimmt, dachte Jules. Er selbst hatte diese Episode längst vergessen, aber nun rief es einzelne Erinnerungen bei ihm wach.

»Sprechen wir von derselben Josefine, der Frau von Ihrem Freund Hugo?«, vergewisserte sich Joanna.

»Ja, die schöne Josefine. Natürlich hatte Gabriel niemals eine Chance bei ihr. Doch sie blieb wohl immer seine Traumfrau, die Unerreichbare, bis zum bitteren Ende.«

»Das ist ein Anhaltspunkt«, fand Joanna und wechselte einen schnellen Blick mit Jules. »Wir werden dem nachgehen. Nun aber noch einmal zurück zu Ihnen: Wann und mit wem genau haben Sie sich in der Küche aufgehalten?«

Raphaël fuhr sich mit dem Finger übers Kinn: »Puh, das ist schwer zu sagen. Man ist ja immerzu hin und her gerannt und hat die Teller und Terrinen herumgetragen.« Er merkte wohl, dass das Joanna nicht genau genug war. »Ich war einer der Ersten, habe mich dann aber bald im Hintergrund gehalten.« Mit einem Zwinkern fügte er hinzu: »Zu viele Köche verderben bekanntlich den Brei.«

Joanna verzog keine Miene, als sie die nächste Frage stellte: »Befanden sich unter den Lebensmitteln, die Sie in den Gastraum getragen haben, auch die Süßspeisen?«

Raphaël schaltete sofort: »Sie meinen die Lebkuchen? Nein, ich habe mir eine Salatschüssel und danach noch eine Terrine geschnappt. Das war's.«

Joanna hinterfragte das nicht weiter. »Vielen Dank fürs Erste«, sagte sie. »Wir werden gegebenenfalls zu einem späteren Zeitpunkt noch einmal auf Sie zukommen.«

Das wäre das Signal für Raphaël gewesen, aufzustehen und den Raum zu verlassen. Doch zu Jules' Verwunderung blieb er sitzen.

»Was ist mit Aurélie?«, fragte er und richtete sich mit seinen Blicken mehr an Jules als an Joanna. »Werdet ihr sie auch verhören? Sie kann euch nichts anderes sagen als ich.«

Joanna wählte ihre Antwort mit Bedacht: »Aurélie scheint neben Jules und Monsieur Guillaumin bisher die einzige Teilnehmerin mit Alibi zu sein. Sie hat die Küche nicht betreten und ist nicht vor den anderen Gästen ans Büfett gelangt. Die Befragung Ihrer Frau lege ich daher auf einen späteren Zeitpunkt. Also, nochmals danke für Ihre Informationen.«

Als Raphaël gegangen war und nur noch sein etwas zu ausgeprägtes Aftershave in der Luft lag, erkundigte sich Joanna bei Jules, was er von den Antworten hielt.

»Es klang authentisch, was er gesagt hat«, meinte Jules.

Joanna sah ihn nachdenklich an. »Du kennst ihn schon sehr lange. Würdest du es merken, wenn er lügt?«

»Ich weiß nicht«, sagte Jules nach kurzem Nachdenken. »Nicht unbedingt. Aber an welcher Stelle sollte er gelogen haben und warum?« Er warf einen Blick auf seine Gesprächsnotizen. »Seltsam, dass er die alte Geschichte mit Josefine gebracht hat. Ich meine, das liegt Jahrzehnte zurück. Und ob Gabriel ihr wirklich noch immer nachtrauerte? Da habe ich meine Zweifel.«

»Ja, bemerkenswert«, fand auch Joanna. »Weshalb möchte er uns auf diese Spur bringen? Na ja, wir behalten das mal im Hinterkopf«, entschied sie und tippte Jules an. »Du darfst den nächsten Kandidaten reinholen.«

»Bin ich etwa dein Laufbursche?«, beschwerte sich Jules zum Scherz, denn er war ja wirklich froh darüber, dass er bei den Befragungen dabei sein konnte.

»Eher eine Sprechstundenhilfe«, zwinkerte Joanne ihm zu.

7

Nathan war an der Reihe. Er kam nicht allein, sondern brachte Giulia mit, seine Frau. Ob das okay sei, fragte er, denn er und Giulia hätten ja keine Geheimnisse voreinander.

Joanna zögerte nur kurz, dann stimmte sie zu. Weil sie Zeit sparen wollte? Jules konnte das nicht so genau einschätzen, hinterfragte ihre Entscheidung aber auch nicht vor den anderen.

»Wie standen Sie zu dem Opfer Gabriel K.?«, legte Joanna gleich los, kaum dass die beiden saßen und über ihre Rechte aufgeklärt waren.

Giulia machte den Anfang: »Gabriel war ein feiner Kerl. Ein bisschen verträumt, aber nett.«

»Wir hatten wenig mit ihm zu tun«, betonte Nathan.

»Hat Gabriel K. Ihnen nähere Einzelheiten über sein neuestes Buchprojekt mitgeteilt?«, wollte Joanna wissen.

Wieder antwortete Giulia als Erste: »Er war begeistert, fast euphorisch. Muss eine tolle Story sein, die er sich ausgedacht hat. Aber viel hat er nicht verraten. Nur Andeutungen gemacht. Soviel ich weiß, hat er einen wahren Fall verarbeitet. Das ist doch jetzt im Trend: *True Crime*.«

»Er hat kaum etwas davon preisgegeben«, schränkte Nathan ein. »Wir wissen so gut wie nichts darüber.«

Joanna quittierte das mit einem kurzen Nicken. »Ist Ihnen etwas über die verschmähte Liebe des Opfers zu Josefine M. bekannt?«

Diesmal war Nathan schneller. »Nein«, kam es entschieden.

Auch Giulia konnte diesem Aspekt wohl wenig abgewinnen, machte aber mehr Worte als ihr Mann: »Ach herrje, das ist Jahrzehnte her, oder? Ja sicher, ich habe davon gehört: Damals, im *Lycée*, soll Gabriel für Josefine geschwärmt haben. Aber sie war mehr als nur eine Nummer zu groß für ihn, richtig? Der unscheinbare Gabriel und die Sexbombe Josefine – das hätte nicht zusammengepasst.«

Nathan, der schon immer Schwierigkeiten gehabt hatte, das Temperament seiner italienischen Frau zu zügeln, ging das wohl zu weit. »Das kannst du doch gar nicht beurteilen«, wies er sie zurecht. »Es tut auch nichts zur Sache.«

»Na sicher kann ich das beurteilen, ich weiß, wie wir Frauen ticken«, konterte Giulia. »Und ob es etwas zur Sache tut, wird *Madame la Juge d'instruction* schon selbst beurteilen können.

Spätestens jetzt wurde Jules klar, warum Nathan auf eine gemeinsame Befragung bestanden hatte. Er wollte verhindern, dass Giulia zu viel redete. Das tat sie aber trotzdem.

»So oder so«, ging Joanna dazwischen. »Sie meinen, dass es sich bei dieser Liebelei um eine längst abgeschlossene Episode handelte?«

Giulia stimmte zu: »Ich kann mir jedenfalls schwer vorstellen, dass Gabriel seiner Josefine noch immer nachgetrauert hat. Das ist doch viel zu lange her. Nein, nein, wenn ihn eine Sache von damals bis heute belastet haben könnte, dann schon eher die Geschichte mit dem Skiunfall. Noch so eine Geschichte aus euren alten Zeiten, stimmt's, Nathan?«

Bei diesem Stichwort blitzten wieder Erinnerungsfragmente bei Jules auf. Die Sache mit dem Skiunfall …

Nathan protestierte: »Ach bitte, Schatz, kram nicht den ganzen alten Tratsch heraus.«

Giulia hielt dagegen: »Wenn es aber doch für die Ermittlungen hilfreich sein kann …«

»Hilfreich wäre es, wenn du dich ein bisschen zurücknimmst und bei den Fakten bleibst.«

»Nein, erzählen Sie bitte«, widersprach Joanna Nathan. »Von was für einem Unfall sprechen Sie?«

Giulia schilderte den Vorfall, den Jules zu verdrängen versucht hatte: »Es passierte bei einem Skiausflug in der Abschlussklasse.«

»Grenoble, Französische Alpen«, ergänzte Nathan kleinlaut, der wohl aufgegeben hatte, seine Frau zu bremsen.

»Die Clique gab es schon damals, mit allen, die hier versammelt sind«, holte Giulia aus. »Sie hatten den Ruf als ›die Unzertrennlichen‹. Nathan und ich waren da zwar noch kein Paar, denn das war vor unserer Zeit, aber …

»Das tut jetzt aber wirklich nichts zur Sache, Giulia! Erzähl einfach von Emmanuel. Das ist es, was die Staatsanwältin interessieren könnte.«

»Aber es ist wichtig, dass sie versteht, wie ihr zueinander standet«, protestierte Giulia. »Wer wen mehr leiden konnte oder weniger.«

Nathan legte seine Hand auf ihren Arm und sah ihr tief in die Augen: »Wenn das wichtig für die Ermittlungen ist, können wir das später immer noch erzählen. Komm also bitte auf den Punkt.«

Giulia gab nach: »Also gut: Worauf ich hinauswill, ist die Sache mit Emmanuels Tod.«

»Emmanuels Tod?«, hakte Joanna ein. »Sprechen wir von einem weiteren Mord?«

»Nein«, meldete sich nun Jules zu Wort und legte den Stift beiseite, mit dem er bis eben mitgeschrieben hatte. »Ein bedauerlicher, tragischer Unfall. Es hat uns tief erschüttert damals. Eine Zäsur in unser aller Leben.«

Giulia sah das offenbar nicht ganz so: »Unfall? Es wurde nie genau geklärt, oder?«

»Was meinen Sie damit?«, wollte Joanna wissen.

»Emmanuel gehörte zu den Unzertrennlichen. Das heißt: Er gehörte nicht nur dazu, sondern stand im

Mittelpunkt. Er war so etwas wie ein Star unter den Jungs der Jahrgangsstufe.«

Wieder relativierte Nathan die Aussage seiner Frau: »Du übertreibst. Er galt als beliebt, ja, aber ein Star? Ich weiß nicht …«

»Wie ist dieser Emmanuel zu Tode gekommen?«, wollte Joanna wissen.

Giulia versuchte zu erklären: »Wie gesagt, es wurde nie richtig aufgeklärt. Ich weiß nur, dass es bei diesem Skiausflug passierte. Bestes Wetter, gute Schneelage. Solche Idealbedingungen haben die Jungs natürlich gelangweilt, denn sie wollten ja beweisen, was für coole und unerschrockene Kerle sie waren. Also haben einige von ihnen die gesicherten Pisten verlassen. Und dann geschah es.«

Jules würde nie diese Stunden zwischen Bangen und Hoffen vergessen, in denen zunächst lange Unklarheit über das Schicksal des Kameraden geherrscht hatte. Jetzt war plötzlich wieder alles ganz präsent für ihn.

»Was genau ist vorgefallen?«, verlangte Joanna nach mehr Informationen.

Giulia erklärte: »Ich war ja nicht dabei bei dieser Extratour außerhalb der präparierten Pisten. Ich kann nur sagen, dass die Gruppe ohne Emmanuel zurückgekommen ist. Zuerst fiel es wohl niemandem auf, dass jemand fehlte. Dann, als nach Emmanuel gefragt wurde, legten die anderen eine Pause ein und warteten auf ihn.«

»Aber er kam nicht«, ergänzte Nathan.

»Später wurde die Bergwacht alarmiert«, fuhr Giulia fort. »Man fand seine Leiche am Fuß einer Felsformation in einer Schlucht. Emmanuel war ungefähr 300 Meter in die Tiefe gestürzt.

»Das klingt nach einem klassischen Skiunfall durch Fahrlässigkeit«, fand Joanna. »Weshalb deuten Sie an, dass die Todesursache ungeklärt geblieben ist?«

Nathan kam Giulia zuvor, wohl um weitere Spekulationen seiner Frau zu unterbinden: »Die Polizei wollte oder konnte ein Fremdverschulden nicht ausschließen. Die haben uns damals verhört. Jeden Einzelnen von uns, teilweise sogar mehrmals.«

»Können Sie sich erklären, weshalb?«

Diesmal antwortete wieder Giulia: »Emmanuel galt doch als geübter Skifahrer. Ein solcher Fahrfehler hätte ihm also selbst im Übermut und außerhalb der Piste nicht unterlaufen dürfen.«

»War Alkohol im Spiel gewesen?«

Nathan verneinte – und dann sprach er aus, was Jules ebenfalls niemals vergessen würde: »Die Polizei fragte uns bei den Verhören frei heraus, ob jemand von uns ihn den Berg hinabgestoßen hätte.«

8

Indem sie einen Topf mit deftig duftender Zwiebelsuppe und einen Korb frisch aufgeschnittenes dunkles Landbrot in die *winstub* trug, unterbrach Clotilde den Zyklus der Befragungen.

»Sie kommen auch noch an die Reihe«, zischte Joanna, sauer über die Unterbrechung, der Wirtin zu, ließ es sich aber nicht nehmen, an der nächsten späten Zwischenmahlzeit teilzuhaben.

»Ich muss schon sagen, dass mich die Elsässer Traditionen und Lebensart durchaus ansprechen«, raunte *Professeur* Guillaumin Jules zu. »Trotz der tragischen Umstände muss ich anerkennen, dass es mir diese Region angetan hat.«

»Das glaube ich gern. Vor allem auch jetzt im Winter ist es hier wunderschön«, pflichtete Jules dem alten Lehrer bei. »Nur schade, dass viele Franzosen das Elsass so gar nicht auf dem Schirm haben. Manchmal hat man den Eindruck, dass hier mehr Deutsche Urlaub machen als unsere Landsleute.«

Sie plauderten über Elsässer Weihnachtstraditionen, dabei kam Jules das Wort *Mannala* über die Lippen, was so viel hieß wie »Männchen«, ein weihnachtliches Süßgebäck mit Rosinen oder wahlweise Schokostückchen. Guillaumin wollte wissen, was es damit auf sich hatte.

»Die *Mannala* erinnern eigentlich an eine Legende von drei toten Kindern, die Sankt Nikolaus angeblich wieder zum Leben erweckte«, erläuterte Jules seinem interessierten Zuhörer. »Klassische Weihnachtsplätzchen sind auf Elsässisch hingegen *Bredele*, was vom deutschen Wort Brötchen herrührt. Die *Bredele* verschenkt und teilt man unter Nachbarn, Freunden oder Arbeitskollegen.«

Ja, dachte Jules mit einem Schmunzeln auf den Lippen. Das Plätzchenbacken der Vorweihnachtszeit war im Elsass so etwas wie ein Volkssport, denn ohne *Bredele* war es für viele offenbar unmöglich, in Weihnachtsstimmung kommen. Die speziellen Sorten mit Namen wie *Anisbredele*, *Schwowebredele*, *Springerle* oder *Spritz* waren auch immer mit einer anderen originellen Anekdote verknüpft – sei es über deren Entstehung oder über historische Begebenheiten.

Nach der netten Plauderei mit Guillaumin suchte und fand Jules Joanna und setzte sich neben sie an den Tisch. So nahe, dass sich ihre Knie berührten. Joanna schenkte ihm ein süßes Lächeln, doch ihm musste klar sein, dass sie in dieser Nacht nicht zusammenfinden würden. Statt Nähe und Zärtlichkeit würde sie noch viel Arbeit bei der Suche nach dem heimtückischen Giftmörder erwarten.

Als hätte sie seine Gedanken intuitiv aufgegriffen, sprach Bankkauffrau Josefine das Thema an. »Wer sagt uns eigentlich, dass die Suppe nicht auch vergiftet ist?«

»Ich muss doch sehr bitten!«, entrüstete sich Clotilde.

Doch auch die anderen Gäste, die inzwischen an zwei zusammengeschobenen Tischen Platz genommen hatten, blickten nun argwöhnisch auf die Wirtin und den bis eben im Hintergrund stehenden Küchenchef Pierre. Der kleine, stets zurückhaltende Mann wollte diesen unerhörten Vorwurf nicht auf sich sitzen lassen, nahm sich selbst einen Teller und schöpfte sich eine große Kelle Suppe. Mit Wonne löffelte er sie in sich hinein, nicht ohne sie zuvor mit einem Teelöffel Sahne verfeinert zu haben.

»Ganz wichtig ist auch der Schuss Sherry, den ich dem Sud beigemengt habe«, erwähnte er schon wieder guter Dinge. »Das verleiht dem Ganzen den besonderen Pfiff.«

Zunächst herrschte abwartende Stille. Die hielt aber nicht lange an.

»Also gut, er ist nicht umgefallen. Wir dürfen reinhauen.« Louis fackelte nicht lang und machte sich ebenfalls über die Suppe her. Die großen Zwiebelringe schaufelte er sich unzerteilt in seinen Mund.

Die anderen taten es ihm langsam nach. Nur Josefine bestand auf ihrem Einwand und schob ihren Teller demonstrativ beiseite.

»Typisch«, hörte Jules Dozentengattin Jodine raunen. »Die ist sich zu fein für eine einfache Suppe.«

Josefine setzte sich kerzengerade auf. »Das habe ich gehört. Ich habe ja wohl laut und deutlich gesagt, warum ich auf das Essen verzichte.«

»Etepetete«, setzte Jodine nach. Ihr Mann Jean-Pascal stieß sie an, doch das kümmerte sie nicht. Unverwandt richtete sie ihre dunklen Augen auf die schöne Josefine und wartete darauf, dass diese ihrem Blick auswich.

Josefine aber hielt stand. »Du hältst mich für arrogant, ja?«

Jodine sagte nichts, deutete lediglich ein Nicken an.

»Ein eingebildetes, blödes Weib soll ich sein?«, fragte Josefine scharf. »So siehst du mich, ja?«

»Erwarte nicht von mir, dass ich dir widerspreche, Schätzchen«, entgegnete Jodine spöttisch.

Josefine stand mit einem solchen Schwung auf, dass ihr Stuhl umfiel. »Jetzt will ich dir mal was sagen, du unattraktive, fette Kuh …«

»Josefine!« Hugo, der ebenfalls aufgesprungen war, fasste seine Frau in der Armbeuge. »Ich glaube, jetzt reicht es.«

»Diese Zicke hat angefangen«, rechtfertigte Josefine ihren Ausbruch.

»Die Bezeichnung Zicke steht dir zu, Josefine«, rief ihr Jodine zu. »Mich hast du ja schon zur Kuh gemacht.«

Auch *Professeur* Guillaumin erhob sich von seinem Platz und breitete beschwichtigend die Arme aus. »Herrschaften, ich bitte Sie. Solche Szenen kenne ich zur Genüge aus der Schule. Das brauchen wir hier wirklich nicht. Soll ich Ihnen Verweise erteilen oder sind Sie in der Lage, das ohne das Zutun Ihres alten Lehrers zu regeln?«

Zu Jules' großer Erleichterung führte Guillaumins launig gemeinte Bemerkung zu einer Entschärfung der Lage. Die Streithähne beziehungsweise -hühner setzten sich wieder auf ihre Plätze.

Wie zum Trotz nahm sich nun auch Josefine eine Kelle Suppe. Dennoch konnte sie sich eine Retourkutsche gegen Guillaumins Einmischung nicht verkneifen: »Wenn Ihnen wirklich daran gelegen wäre, Streit zu schlichten und uns allen das Leben leichter zu machen, dann müssten Sie nur etwas Courage zeigen und Ihr Geheimnis mit uns teilen, Monsieur Guillaumin.«

Der alte Lehrer kratzte sich mit fragender Miene am Vollbart. »Ich fürchte, ich kann Ihnen nicht folgen.«

»Nein? Wirklich nicht?« Josefines Tonfall fiel höhnisch, fast beleidigend aus. »Jeder hat mitbekommen, dass Gabriel Ihnen mehr über sein neues Manuskript erzählt hat als allen anderen. Warum sagen Sie uns nicht, worum sich Gabriels Buch dreht? Vielleicht bringt das Licht ins Dunkel – und uns aus dieser scheußlichen Lage, in der jede und jeder verdächtig ist.«

Guillaumin schmunzelte. »Junge Frau. Ihre Worte mir gegenüber zeugen nicht eben von Respekt.«

»Das ist mir so was von egal«, ereiferte sich Josefine weiter. »Stecken Sie sich Ihren Respekt sonst wohin!«

»Josefine!«, schaltete sich erneut Hugo ein. »Genug! Es reicht!« Sicherheitshalber schob er ihr Weinglas außer Reichweite.

»Ich kann Ihnen versichern«, setzte Guillaumin zu einer Antwort an, »dass ich nichts von dem, was mir Gabriel anvertraut hat, für mich behalten werde.«

»Na also.« Josefines Gesicht hellte sich auf. »Es geht doch.«

»Aber ich werde dies ganz sicher nicht in der großen Runde abhandeln«, schränkte Guillaumin ein. »Ich werde es gegenüber Madame Laffargue zu Protokoll geben, wenn ich an der Reihe bin. Bis dahin …«, er fuhr sich mit dem Zeigefinger über den Mund, »… sind meine Lippen versiegelt.«

Josefine fluchte, musste aber bald einsehen, dass sie bei dem ausgefuchsten Pädagogen mit ihrer infantil aggressiven Art auf Granit biss. Außerdem duftete das Essen köstlich und zog bald wieder alle Aufmerksamkeit auf sich.

Während es sich Jules schmecken ließ und das außen krosse und innen saftige Bauernbrot in die

Suppe tunkte, betrachtete er die Runde seiner alten Freunde. Jeden der hier Anwesenden kannte er seit Jahrzehnten. Jeder Einzelne war ihm vertraut, und für jeden würde er im Zweifel einstehen. Aber so, wie die Dinge nun mal standen, sah es aus, als würde zumindest einer unter ihnen dieses Vertrauen nicht verdienen. Bloß wer?

Der korrekte Nathan mit seiner konservativen Prägung? Oder seine Frau Giulia, die ihr südländisches Temperament ungern zügelte und ihren Mann damit ärgerte? Raphaël, der Tüftler, körperbewusst und noch sportlich schlank und agil? Seine Frau Aurélie, die immer für ein offenes Wort zu haben war? Jean-Pascal, der sich und seiner lockeren Lebensart seit dem Abschluss treu geblieben war und nichts von den Allüren eines Dozenten erkennen ließ? Oder Jodine, die mit Jean-Pascal so lange liiert war, wie Jules zurückdenken konnte. Vielleicht Hugo, der Zahlenjongleur, der mit seinem gegelten schwarzen Haar auch als Croupier in einem Spielcasino durchgehen würde?

Josefine, die Schönheitskönigin, die man wegen ihres Barbie-Gesichts allzu oft als naive Blondine abkanzelte? Clément, der Pechvogel, der sich zu einer zum Scheitern verurteilten frühen Heirat hatte überreden lassen und nun sein sich selbst eingebrocktes Elend mit Alkohol zu ertränken versuchte? Louis, der Dynamiker, der meist ziemlich großkotzig rüberkam, aber auch ein echter Kumpel sein konnte? Waren sie alle die Menschen, für die Jules sie hielt, oder verbargen sie tief in ihrem Inneren dunkle Geheimnisse?

»*Merde*, so ein Mist!«, unterbrach Letzterer Jules' Gedanken. Louis streckte seinen rechten Arm in die Höhe, in der Hand hielt er ein *iPhone*. »Gibt's denn hier kein Netz?«

»Mitunter haben wir Schwierigkeiten damit«, räumte Clotilde ein. »Die dicken Mauern …«

»Wen willst du denn anrufen?«, wollte Hugo wissen.

»Meinen Anwalt. Wen wohl sonst?«, gab Louis etwas barsch zurück.

»Du glaubst, der hat nichts Besseres zu tun, als an einem späten Samstagabend mit dir zu telefonieren?«, fragte Hugo und klang belustigt.

»Ganz recht«, sagte Louis. »Ich bin natürlich rechtsschutzversichert und habe Anspruch auf einen Rund-um-die-Uhr-Service. Du kannst sicher sein: Wenn ich meinen Anwalt an die Strippe kriege, haut er mich hier raus, bevor du deine Suppe ausgelöffelt hast.«

»Wo hast du den denn aufgetrieben?« Hugo sah ihn scheel an.

»Beim Golfen kennengelernt. Eine klasse Kanzlei. Da bekommst du super Kontakte, beim Golfen. Musst du ausprobieren!«

»Nein, danke.« Hugo lachte schäbig. »Keine Zeit für so was. Ich muss mir mein Geld noch mit Arbeit verdienen.«

Jules, dem die gereizte Stimmung unter seinen Freunden gegen den Strich ging, versuchte, sich aus der Diskussion herauszuhalten. Er driftete abermals ab in seine Gedankenwelt. Ihn trieb die Neugierde darüber um, wie der Inhalt von Gabriels letztem Manuskript ausgesehen haben könnte. Ob es – wie mehrfach angedeutet worden war – einen Bezug zur Realität und womöglich sogar zu den gemeinsamen Freunden gab? Ob Gabriel in seinem Buch ein über viele Jahre gehütetes Geheimnis preisgeben wollte?

9

22 Uhr. Jules gähnte, während er wieder Stift und Papier zur Hand nahm. Als Nächstes wollten sie sich Louis vornehmen.

»In welchem Verhältnis standen Sie zu dem Verstorbenen?«, spulte Joanna ihr Standardprogramm herunter.

»In gar keinem Verhältnis. Was ist denn das für eine Frage? Außerdem sage ich sowieso nichts ohne meinen Anwalt«, gab sich Louis bockig. Die Arme verschränkt, die Mundwinkel nach unten gezogen, sah er Joanna finster an.

»Das Hinzuziehen eines Anwalts ist Ihr gutes Recht.«

»Sag ich ja. Kann ich jetzt endlich gehen?« Er machte Anstalten, gleich wieder aufzustehen.

»Bedaure, nein. Solange die vorläufigen Ermittlungen nicht abgeschlossen sind, verlässt niemand die *Auberge*. Ob mit oder ohne Anwalt. Allerdings könnten Sie diesen Prozess durch Ihre aktive Mitarbeit deutlich verkürzen«, blieb Joanna äußerlich gefasst.

Louis reagierte zornig: »So ein Blödsinn.« Nachdem sich aber weder Joanna noch Jules reizen ließen, lenkte er ein: »Also gut. Was wollen Sie von mir wissen?«

»Wie standen Sie zu Gabriel K.?«

»Er war – wie soll ich sagen? – ein entfernter Bekannter. Wir hatten nicht sonderlich viel miteinander zu tun. Früher schon nicht und heute erst recht nicht.«

»Bitte weiter.«

»Er war ja mehr so ein Künstlertyp. Etwas verschroben, versponnen, abgehoben. Ich dagegen stehe mit beiden Beinen fest auf dem Boden. Wir passten einfach nicht zusammen, hatten keinerlei gemeinsame Interessen.«

»Es gab demzufolge wenige Berührungspunkte?«, folgerte Joanna.

»Wenige? Gar keine! – Das heißt: bis auf eine winzig kleine Ausnahme. Wir standen eine Zeit lang auf dieselbe Frau.« Er zwinkerte Jules verschwörerisch zu, was Joanna ganz bestimmt nicht entging.

»Wenn es für die Ermittlungen von Bedeutung ist, nennen Sie uns bitte den Namen dieser Frau«, forderte sie ihn auf.

»Keine Ahnung, ob das von Bedeutung ist. Das müsst ihr selbst entscheiden. Die Frau war – natürlich Josefine.«

»Josefine ist verheiratet, Sie deuten hier also ein gefährliches Spiel an.«

Louis winkte ab. »Bleiben Sie cool, das Ganze ist Ewigkeiten her. Ich war noch Schüler, als ich heiß auf Josefine war. Vor allem auf ihren Knackarsch, um es genau zu sagen. Den haben auch andere ganz nett gefunden.« Wieder ein Blick zu Jules.

»So genau wollen wir es gar nicht wissen«, stellte Joanna klar. »Lag Gabriels Liebe zu Josefine ebenfalls so weit zurück oder war sie Ihrer Meinung nach bis in die Gegenwart von Bestand?«

»Das weiß ich nicht. Ihr hinterhergehechelt hat er schon, seit ich denken kann. Aber wenn Sie mich so direkt fragen – ja, ich hatte den Eindruck, dass er bei unseren jährlichen Klassentreffen immer noch Stielaugen bekam, sobald seine alte Flamme aufkreuzte.«

»Hat Josefines Mann Hugo von Gabriels Ambitionen gewusst?«

»Keine Ahnung. Das war mir auch pfeifegal. Wie gesagt: Ich flog ja nicht mehr auf sie.«

»Worauf ich hinauswill, ist die Frage, ob Sie Hugo einen Mord aus Eifersucht zutrauen?«

»Na, jetzt reden Sie aber Tacheles, was? Hugo ein Mörder? Kann ich mir nicht vorstellen. Außerdem hätte er viel zu tun, wenn er jeden Verehrer seiner heißen Braut aus dem Weg räumen wollte. Denn auf Josefine stand so ziemlich jeder Junge unserer Jahrgangsstufe, das müssten Sie inzwischen ja rausgefunden haben. – Wenn ich mich nicht täusche, sogar du, Jules.«

Joanna erhob sich. »Danke, *Monsieur*, das genügt uns fürs Erste.«

»Das glaubst du ihm hoffentlich nicht«, sagte Jules, kaum dass Louis außer Hörweite war.

Joanna verzog schmollend den Mund: »Ich habe immer geahnt, dass ich nicht die einzige Blondine in deinem Leben bin.«

»Aber die einzige, an die ich mein Herz verloren habe«, säuselte Jules mit Dackelblick.

»Oh, wie romantisch.« Joanna zog Jules' Schreibblock auf ihre Seite des Tisches und studierte seine Aufzeichnungen. »Dieser Louis redet wenigstens Klartext. Er ist mir nicht sonderlich sympathisch und wohl ein ziemlicher Aufschneider, aber ich nehme ihm ab, was er behauptet. Wir sollten dieser Sache mit Josefine auf den Grund gehen. Jetzt gleich.«

»Willst du sie etwa fragen, ob sie ein Verhältnis mit Gabriel hatte?«, erkundigte sich Jules mit leichtem Entsetzen. »Das könnte böse ins Auge gehen.«

»Nein, nein, damit würde ich übers Ziel hinausschießen. Aber ich habe vor, Josefine und ihren Mann gemeinsam zu vernehmen. Ich konfrontiere sie mit dem, was wir bisher definitiv wissen oder annehmen. Dann sehen wir, was passiert.«

»Du bist mutig.«

»Sieh es mal so, Jules: Vielleicht trägt es dazu bei, das ganze Prozedere abzukürzen. Dann kommen wir früher ins Bett.« Weil Jules sie so seltsam ansah, fügte sie schnell hinzu: »Um zu schlafen, ich bin hundemüde.«

10

Die nächste Unterbrechung folgte, als zwei Männer eines Bestattungsinstituts den Leichnam abholten. In einem grauen Metallsarg wurden die sterblichen Überreste ihres Freundes an ihnen vorbeigetragen, begleitet von vereinzeltem Schluchzen der Umstehenden.

Jules spürte, wie die hinterhältige Tat und der Befragungsmarathon ihn schlauchten und persönlich mitnahmen. Viel mehr als in anderen Fällen, mit denen er beruflich zu tun hatte. Am liebsten wäre er ausgebrochen aus diesem düsteren Szenario, das so gar nicht in die besinnliche Jahreszeit passte.

Weihnachten in Colmar, das bedeutete doch eigentlich, den Zauber der besonderen Atmosphäre in der Altstadt zu genießen, die märchenhaft beleuchtet und geschmückt war und die historische Kulisse der denkmalgeschützten Bauten in ein magisches Licht tauchte. Am liebsten hätte Jules Joannas Hand gegriffen und wäre mit ihr davongelaufen, um einen der Weihnachtsmärkte zu besuchen, von denen es sogar sechs gab.

Zum Aufwärmen hätte er Joanna erst mal in die mollig warm beheizte historische Markthalle mit ihren Schlemmerständen entführt. Direkt an der Lauch gelegen, bot die auffällige Halle aus Ziegel- und Sandstein Feinkost und heimische Schlemmereien, früher verkauften hier die Fischer ihre fangfrische Ware direkt auf dem Fischmarkt.

Dann hätten sie die Place des Dominicains besucht, elegant überragt von der Dominikanerkirche. Sobald es dämmerte, wurden ihre Bleiglasfenster beleuchtet. Drumherum an die 60 Buden mit Weihnachtsschmuck und originellen Deko-Ideen für den Tannenbaum und Geschenkartikel, etwa mundgeblasene Glaskugeln aus Meisenthal in den Nordvogesen.

Auf der Place Jeanne d'Arc wurde besonderer Wert auf regionale Produkte gelegt wie Gänseleberpastete, Weihnachtskuchen, Wein und Schnaps aus dem Elsass. Ganz der Kulinarik verschrieb man sich auch auf der Place de la Cathédrale, wo der *Marché Gourmand* mit Köstlichkeiten von mehreren Meisterköchen lockte, ähnlich wie in Strasbourg. Auch auf der Place de l'Ancienne Douane drängten sich Weihnachtsbuden um den Schwendi-Brunnen. Und am *Koïfhus*, dem Innenmarkt, boten regionale Kunsthandwerker ihre Waren an: Töpfer, Keramiker, Tischler, Hutmacher, Juweliere.

Dann gab es noch das Märchenland in *Petite Venise* mit Krippe und historischem Karussell. Drum herum die bunten, krummen Fachwerkhäuser, für die *Klein Venedig* so bekannt war. Die Fassadenfarben dienten früher nicht nur der Optik, sondern vor allem der Unterscheidung der Zünfte. Während zum Beispiel in den blauen Häusern Fischer und Metzger lebten, arbeiteten in den braunen Häusern die Gerber. In der Adventszeit fuhren Kinderchöre auf Kähnen über die Lauch und trällerten die schönsten Weihnachtslieder. Sogar eine Eisfläche gab es: auf dem Rapp-Platz. Vielleicht hätte Joanna ja Lust zum Schlittschuhlaufen?

Aber von all dem konnte Jules in diesen Stunden nur träumen. Statt im Weihnachtsfrieden auszuspannen, galt es, einen Mord aufzuklären. Und der Mörder war höchstwahrscheinlich noch immer unter ihnen.

11

Inzwischen ging es auf 23 Uhr zu. Aber Joanna wollte es unbedingt durchziehen und als Nächstes das Paar befragen.

»Um gleich mit der Tür ins Haus zu fallen: Andere Befragte haben zu Protokoll gegeben, dass der getötete Gabriel K. bewundernde Gefühle für Sie gehegt hat. Wussten Sie davon?«, redete Joanna nicht um den heißen Brei herum.

Josefine war nicht gerade begeistert darüber. »Muss ich auf diese Frage antworten?«

»Früher oder später: ja.«

Hugo riet ihr zu: »Sag es ihr. Es weiß doch ohnehin jeder hier, dass Gabriel ein Verehrer von dir gewesen ist.«

Josefine neigte den Kopf. »*D'accord*. Ja, Gabriel hat mich geliebt. Er hat es mir nie gesagt, dazu war er zu schüchtern. Aber eine Frau spürt so etwas.«

»Eine unerwiderte Liebe, die über so viele Jahre anhält – hat Sie das nicht gestört, *Monsieur*?«

Hugo zog die Schultern nach oben. »Was soll ich sagen? Ich verbringe mein Leben an der Seite einer sehr begehrenswerten Frau. Das war mir bewusst, als ich sie geheiratet habe. Natürlich bin ich eifersüchtig, aber ich kann mich nicht mit jedem anlegen, der meiner Frau auf der Straße nachschaut, oder?«

»Das nicht. Aber mit einem hartnäckigen Verehrer wie Gabriel womöglich schon. Vielleicht ist Ihnen irgendwann ganz einfach der Kragen geplatzt?«

Das ging Hugo zu weit: »Unsinn!«, blaffte er Joanna an. »Was wollen Sie mir anhängen? Sehe ich aus wie ein unbeherrschter Rambo?«

»Durchaus nicht. Aber andere einschlägige Fälle dieser Art zeigen, dass …« Weiter kam Joanna nicht.

Hugo platzte nun endgültig der Kragen: »Schon wieder eine Unterstellung! Ich bin keiner Ihrer einschlägigen Fälle. Ich habe mit dem Ganzen absolut nichts zu tun. Was Gabriel über Josefine dachte und wie er fühlte, war mir ziemlich egal, denn er stellte ganz sicher keine Gefahr für mich dar.« Etwas ruhiger fuhr er fort: »Überlegen Sie doch mal selbst: ein Typ wie er, hager, blass, ein Intellektueller.«

»Das ist kein Grund. Marilyn Monroe konnte sich schließlich auch für die geistige Größe eines Arthur Miller begeistern«, warf Jules ein.

Josefine sah ihn zweifelnd an. »Hä? Was redest du denn da, Jules? Gabriel hatte längst eingesehen, dass er bei mir nicht landen kann. Er hat vielleicht noch ein bisschen von mir geschwärmt, aber sein Zug war abgefahren, das wusste er.«

Hugo stimmte seiner Frau zu: »Ja, ich meine auch, dass ihr euch auf eine Spur stürzt, die in die falsche Richtung führt. – Was ist denn mit diesem Buchmanuskript? Habt ihr es inzwischen gelesen oder wenigstens mal reingeschaut? Gibt es etwas her, das für den Fall von Bedeutung ist?«

»Wir haben das Manuskript bisher nicht finden können«, verriet Joanna. »Halten Sie es denn für maßgeblich?«

»Ich halte es für brisant«, antwortete Hugo. »Es könnten Dinge darin stehen, die für den einen oder anderen in unserer Runde unangenehm sein könnten.«

»Zum Beispiel?«

Hugo zögerte: »Ich will ja keinem etwas Schlechtes nachsagen. Aber wussten Sie, dass Clément spielsüchtig ist? Glücksspielsüchtig? Er steckt deshalb finanziell öfters mal in der Klemme.«

Josefine schlug in dieselbe Kerbe: »Ja, das stimmt. Er hat uns mal um Hilfe gebeten.«

»Haben Sie ihm die gewünschte Hilfe gewährt?«, erkundigte sich Joanna.

»Nein«, sagte Hugo und schlug die Augen nieder, als wäre es ihm im Nachhinein peinlich. »Man kennt so was ja: Daraus wäre ein Fass ohne Boden geworden. Aber er hat sich von jemand anderem Geld geliehen: von Gabriel. Es soll ein ganzer Batzen gewesen sein, den Clément ihm schuldete.«

»Wir werden diesen Punkt prüfen«, sagte Joanna. »Zunächst aber zurück zu Ihrer Beziehung zu Gabriel K.: Hatten Sie, abgesehen von den Adventstreffen, auch unterhalb des Jahres Kontakt mit dem Getöteten?«

Josefine gab die Antwort: »Nein, gar nicht. Gabriel war ein lieber, netter Mensch. Aber wir wollten nicht mehr Kontakt mit ihm halten als unbedingt nötig.«

»Sie verstehen: keine alten Gefühle wecken und so«, ergänzte Hugo.

»Es gab also keine weiteren Treffen und keine Telefonate?«, fasste Joanna nach.

»Nein, und auch keine Mails. Wir haben versucht, diesem Menschen aus dem Weg zu gehen, wenn Sie es genau wissen wollen«, erklärte Hugo.

»Danke. Sie dürfen zurück in den Speisesaal«, beendete Joanna diese Runde. »Bitte schicken Sie die Nächsten zur Befragung.« Darauf verließ das Paar den Raum.

»Und?«, fragte Jules und stützte das Kinn auf seine verschränkten Finger. »Hat uns dieses Verhör dem ersehnten Feierabend nähergebracht, wie du es dir erhofft hast?«

»Hm.« Joanna sah nachdenklich auf. »Nicht ganz. Aber immerhin wissen wir jetzt, dass Josefine und Hugo in Gabriel eine Art Stalker gesehen haben, einen aufdringlichen Fan. Sie haben ihn deshalb gemieden.«

»Was unternehmen wir also?«, wollte Jules wissen, als Joanna nicht weiterredete.

»Wir sammeln weiter Informationen«, entschied sie, stand auf, um den Nächsten hereinzulassen – und prallte beinahe mit Louis zusammen.

Die Wut stand ihm ins Gesicht geschrieben, als er lospolterte: »Was Sie hier abziehen, ist eine Farce! Ich habe gerade mit meinem Anwalt telefoniert. Er meint, Sie überschreiten Ihre Befugnisse! Sie haben gar nicht das Recht, uns gegen unseren Willen festzuhalten!«

Joanna musterte den korpulenten Louis abschätzig. »Habe ich nicht?« Sie stellte auf stur und fuhr seelenruhig fort: »Sie würden sich wundern, wenn Sie wüssten, wie viele Rechte ich habe.« Mit süffisantem Unterton erkundigte sie sich: »Was rät Ihr Anwalt Ihnen denn zu tun? Dass Sie sich meinen Anweisungen widersetzen und heimfahren sollen?«

Louis grummelte vor sich hin und sah auf den Boden.

»Hat es Ihnen auf einmal die Sprache verschlagen? Noch einmal meine Frage: Was rät Ihr Anwalt?«

Louis gab einen Grunzlaut von sich. »Dass ich die Zähne zusammenbeißen und die Nacht im Gasthaus verbringen soll«, gab er zerknirscht und kaum hörbar zu.

»Na also! Dann finden Sie sich bitte damit ab und kooperieren Sie.«

Louis blickte wieder zu ihr auf, seine Augen blitzten. »Keineswegs finde ich mich damit ab! Mein Anwalt ist heute Abend selbst auf einer Weihnachtsfeier und daher verhindert. Aber morgen früh holt er mich hier raus. Dann können Sie sich warm anziehen, denn wir werden Sie wegen Rechtsbeugung drankriegen!«

12

Mit Jean-Pascal kam der am meisten Gebildete von ihnen in den Befragungsraum. Jules hatte seinen früheren Weggefährten schon immer wegen dessen enormem Allgemeinwissens beneidet. Jean sog Informationen auf wie ein Staubsauger und behielt sie in seinem Kopf. Egal welches Thema: Er hatte immer etwas Schlaues beizutragen.

»Wie eng waren Sie mit Gabriel befreundet?«, blieb Joanna ihrer Linie treu. Inzwischen kam diese Frage allerdings mit weniger Elan über ihre Lippen als bei den ersten Befragungen. Kein Wunder – nicht mehr lange und es wäre Mitternacht.

Jean-Pascal antwortete indirekt: »Er wohnte in Südfrankreich, während es mich ganz in den Norden verschlagen hat. Deshalb beschränkten sich unsere Kontakte auf gelegentliches Telefonieren und das jährliche Adventstreffen.«

Jodine, seine Frau, ergänzte: »Wir haben uns nur selten gesehen, das ist wahr. Aber immer, wenn wir zusammentrafen, dann war es, als hätten wir uns nie aus den Augen verloren. Man war sofort wieder miteinander vertraut.«

»Meinen Sie mit ›vertraut‹, dass Sie persönliche Informationen und Ansichten mit dem Verstorbenen ausgetauscht haben?«

Jodines Antwort kam prompt: »Ja natürlich. Das gehört bei einer Freundschaft doch dazu. Es war immer herzlich, und wir hatten keine Geheimnisse voreinander, wenn Sie das meinen. Zumindest habe ich nie den Eindruck gewonnen, dass es so wäre.«

»Dann wussten Sie auch von Gabriels unglücklicher Liebe zu Josefine?«, wollte Joanna wissen.

Jodine nickte. »Ja leider. Gabriels ganz persönliche unendliche Geschichte. Ich werde es nie verstehen, warum ein Mann mit Köpfchen sein Herz ausgerechnet an eine solche Barbie verlieren musste.«

Auch Jean-Pascal konnte sich eine zynische Bemerkung nicht ganz verkneifen: »Na ja, Schatz, das eine oder andere Argument hat Josefine schon zu bieten. Rein physisch, meine ich.«

Jodine fand das nicht lustig. »Dieser Kommentar ist nicht sehr passend nach dem heutigen Abend. Gabriel war von dieser verkorksten Jugendliebe dermaßen gefesselt, dass er zeitlebens keine andere Frau gefunden hat. Zumindest keine, die für ihn die alte Liebe ersetzen konnte.«

»Könnte diese alte Liebe auch in Gabriels unveröffentlichtem Manuskript eine Rolle spielen?

Jodine dachte nach. »Schon möglich. Vielleicht wäre das Buch ja endlich Gabriels Durchbruch als

Autor geworden. Die große tragische Liebesgeschichte – der lang ersehnte Bestseller. Ich hätte es ihm gegönnt. Ich habe immer an Gabriels schriftstellerisches Talent geglaubt.«

Jean-Pascals Mimik verriet, dass er das nicht unbedingt guthieß. »Deine Verbundenheit mit Gabriel in Ehren. Ich verstehe ja, dass du ihn schützen willst. Es ist lobenswert, eine Freundschaft über den Tod hinaus zu halten, aber wäre es nicht an der Zeit, endlich etwas klarzustellen?«

»Auf was spielen Sie an?«, fragte Joanna.

»Ja, auf was?«, zeigte sich auch Jodine verwundert.

»Das weißt du genau«, behauptete Jean-Pascal.

»Nein. Ich weiß es nicht. – Ich *will* es nicht wissen«, wehrte sich Jodine.

Jean-Pascal seufzte. »Wir haben 100 Mal darüber gesprochen und waren uns am Ende einig.«

Jodine schüttelte heftig den Kopf. »Gabriel selbst hat es nie zugegeben, nicht einmal angedeutet. Für ihn zählte immer nur seine Josefine.«

Jean-Pascal sah sie intensiv an. »Josefine schob er nur vor, weil er wusste, dass jeder für sie schwärmte und man ihm seine Begierde abnahm. Aber das war nur ein Vorwand, denn ihm war von vornherein klar, dass sie sich nie und nimmer mit ihm eingelassen hätte.«

»Kommen Sie bitte auf den Punkt, *Monsieur*«, wurde Joanne zusehends ungeduldig.

Jean-Pascal wandte sich von seiner Frau ab und ihr zu. »Ich bin mir ziemlich sicher, dass Gabriel homosexuell war.«

Jodine relativierte: »Wahrscheinlich bildest du dir das nur ein.«

»Nein, denn ich habe ja mit eigenen Augen gesehen, wie er …«

Jodine unterbrach ihn: »Es war dunkel, mitten in der Nacht. Als du damals im Skilager in sein Zimmer getaumelt bist – angetrunken, wohlgemerkt – hast du doch gar nicht mehr zwischen Männlein und Weiblein unterscheiden können.«

Jean-Pascal widersprach: »Ich habe Gabriel in Grenoble zusammen mit Emmanuel erwischt. Das, was sie da taten, war mehr als eindeutig.«

»Und wenn du dich doch getäuscht hast? Das liegt Jahrzehnte zurück. Die Zeit verwischt die Erinnerungen.«

Jules lauschte gebannt. Denn auch wenn das meiste von dem, was er heute Abend zu Ohren bekam, nicht neu für ihn war, tauchte der Mord die gemeinsame Vergangenheit in ein anderes Licht. Dinge, die er fast vergessen hatte, gewannen plötzlich wieder an Bedeutung. Und tatsächlich hatte es damals Gerüchte gegeben. Er war gespannt, wie sich diese Befragung weiter entwickeln würde, als sie plötzlich unterbrochen wurden.

»Ja bitte?«, fragte Joanna den unaufgefordert

erschienenen nächsten Gesprächspartner, der um die Ecke bog, obwohl Jean-Pascal und Jodine noch da waren.

»Keine Bange, bin gleich wieder weg«, sagte Louis und blieb seinen Worten zum Trotz breitbeinig und mit verschränkten Armen vor ihnen stehen. »Ich will keinen Stunk machen und auch nicht wieder mit dem Anwaltgerede anfangen.«

»Was möchtest du dann?«, fragte Jules anstelle von Joanna.

»Ich will euch nur mal einen Tipp geben«, sagte Louis gönnerhaft. »Für den Fall, dass euch die Mordmotive ausgehen.«

Joanna neigte den Kopf. »In Ordnung, wir wären ohnehin gleich fertig geworden.« Sie dankte Jean-Pascal und Jodine und wartete, bis sie gegangen waren. Dann forderte sie den Neuankömmling auf: »Lassen Sie hören.«

»Wegen dieses Buchmanuskripts: Es ist doch ein Enthüllungsroman, oder? Ich wüsste jemanden, der etwas gegen die Veröffentlichung von Gabriels neuem Buch haben könnte.«

»Wir wissen nichts darüber«, sagte Joanna kalt und mit minimaler Mimik. »Das Manuskript liegt uns bislang nicht vor.«

Auf Louis' fleischigem Gesicht breitete sich ein selbstgefälliges Lächeln aus. »Na, dann will ich euch zwei Hübschen mal an meinem Wissen teilhaben lassen: Ihr habt gerade mit demjenigen, den ich meine, gesprochen.«

»Mit wem?«, fragte Joanna. »Bitte werden Sie deutlicher.«

»Mit unserem Gelehrten«, konkretisierte Louis und sah Joanna und Jules an, als seien sie schwer von Begriff. »Wenn einer etwas zu verlieren hat, dann ist es Jean-Pascal!«

Joanna atmete tief durch. »Auch auf die Gefahr hin, dass ich mich wiederhole: werden Sie deutlicher. Bitte!«

Louis blies seine Wangen auf. »Unser lieber Freund dürfte eigentlich gar kein Dozent sein. Na, was sagen Sie dazu?« Er sah sie erwartungsvoll an.

»Noch sage ich gar nichts dazu«, zeigte ihm Joanna die kalte Schulter. »Reden Sie weiter.«

Louis kostete den Moment seines großen Auftritts aus und gab sein Wissen nur bröckchenweise preis: »Jean-Pascal war schon immer ein helles Köpfchen. Aber eben nicht hell genug, um es zu etwas Vernünftigem zu bringen, weil er sich gleichzeitig für alles, das große Ganze, interessierte. Kurzum: Er hat sich verzettelt. Jean-Pascal tat sich schwer beim Promovieren. Es wollte ihm einfach nicht gelingen. Und, wie soll ich sagen? Plötzlich hatte er dann doch seinen Doktortitel.«

»Und?«, mischte sich Jules erneut ein. »Warum erzählst du uns das?«

»Weil …«, Louis grinste nun noch breiter, »… weil er seine Dissertation abgekupfert hat! Abgeschrieben! Die ganze Arbeit von vorn bis hinten ein einziges Plagiat! Niemand wusste davon. Außer Gabriel, der ihn überhaupt erst auf die Idee gebracht hatte.«

Joanna sah Louis forschend an. »Niemand?«, fragte sie dann scharf. »Sie wissen es doch auch. Ein so gut gehütetes Geheimnis, wie Sie andeuten, scheint es ja doch nicht gewesen zu sein. – Oder verbreiten Sie hier etwa nur unbestätigte Gerüchte? Dann lassen Sie das gleich morgen früh Ihren Anwalt wissen, damit er Sie vor einer Strafanzeige wegen übler Nachrede bewahrt.«

13

Aufgewühlt, geradezu hektisch, verließ Joanna den beengten Verhörraum, dicht gefolgt von Jules. Sie steuerte geradewegs auf eines der Butzenscheibenfenster zu, riss es auf und beugte sich hinaus. Jules stellte sich neben sie und ließ seinen Blick über die weiß überzuckerte Dächerlandschaft der Altstadt gleiten, die, vom Mond beschienen, tiefen Frieden und vorweihnachtliche Harmonie ausstrahlte. Die Luft war kühl und trocken und tat ihnen nach dem hinter ihnen liegenden Verhörmarathon gut.

»Mein lieber Jules«, redete Joanna in die Stille hinein, »was hast du bloß für Freunde? Das ist ja ein Ausbund an Feindseligkeiten, Hetztiraden und Unterstellungen.«

Jules neigte dazu, ihr nach den Ereignissen des heutigen Abends zuzustimmen, nahm seine ehemaligen Schulkameraden aber zumindest pro forma in Schutz: »Ist es nicht ein ganz natürliches Verhalten, dass man versucht, seine Haut zu retten, wenn man in Bedrängnis gerät? Notfalls auch auf Kosten der anderen?«

»Indem man seine Freunde in die Pfanne haut?«, fragte Joanna zweifelnd.

»Na ja, so kannst du das nicht sehen: Die meisten von uns treffen sich nur dieses eine Mal im Jahr. Wir haben uns wohl im Laufe der Zeit stärker auseinandergelebt als vermutet und wissen im Grunde genommen nur noch sehr wenig voneinander.«

»Es reicht immerhin dafür, um die persönlichen Schwächen der anderen sehr gut zu kennen und sie mir gegenüber ohne jeden Skrupel preiszugeben.« Sie legte Zeige- und Mittelfinger ihrer rechten Hand an ihre Schläfe, als sie sagte: »An Einzelmotiven scheint es nicht zu mangeln. Bei der Suche nach Gemeinsamkeiten kristallisiert sich aber eines besonders heraus.«

»Was meinst du?«, fragte Jules.

»Immerhin wisst ihr alle von einem kollektiven dunklen Geheimnis. Ich sage nur: Grenoble.«

Jules sah sie gequält an. »Joanna, messe dem bloß keine allzu große Bedeutung bei. Das Wühlen in der Vergangenheit soll dich wahrscheinlich nur ablenken. Eine falsche Fährte.«

»Meinst du?« Joanna sah ihn prüfend an. »Wie hast du denn das damals erlebt? Du bist doch auch dabei gewesen, hältst dich jetzt aber verdächtig zurück.«

Jules atmete ein und blies die Luft hörbar wieder aus. »Verdächtig würde ich das nicht nennen. Das Ganze ist halt ewig her, und ich möchte nicht durch blindes Herumstochern in trüben Erinnerungen dazu beitragen, dass unsinnige Zusammenhänge konstruiert werden. Glaub mir: Der Tod von Gabriel hat rein gar nichts mit unserem Skiurlaub zu tun.«

Mit einem kräftigen Ruck zog Joanna das Fenster wieder zu. »Ich bin anderer Ansicht. Bevor wir die Verhöre fortsetzen, lasse ich den Gendarmen, den ich an der Haustür postiert habe, Gabriels Zimmer durchsuchen. Ich bin mir ziemlich sicher, dass er dieses Buchmanuskript, auf das er so stolz war, bei sich hatte, um damit vor seinen alten Kumpels zu prahlen. Es muss also irgendwo versteckt sein. Vielleicht hat er es ja auf einem USB-Stick gespeichert, den die Spurensicherer beim ersten Mal übersehen haben.«

»Du glaubst ernsthaft an den großen Enthüllungsroman?« Jules konnte seine Skepsis nicht verbergen.

»Vieles spricht dafür, ja. Vielleicht hat Gabriel mit dem Buch sein schlechtes Gewissen besänftigt, das seit Grenoble auf ihm lastete, – und dabei Namen anderer Beteiligter genannt, die der Veröffentlichung nun mit allen Mitteln entgegenwirken wollen.«

»Okay, du bist der Boss«, gab sich Jules geschlagen. »Lass den Kollegen danach suchen! – Und was machen wir in der Zwischenzeit?«

Joanna musste nicht lange nachdenken: »Wir fühlen Clotilde auf den Zahn und lassen uns von ihr erklären, wie sie Lebkuchen herstellt – und bei welcher Gelegenheit jemand Gift in den Teig mischen konnte.«

14

»Es gibt sie ja in den unterschiedlichsten Größen, Formen und Geschmacksrichtungen«, leitete Jules das Gespräch mit der misstrauischen Clotilde behutsam ein. »Der Lebkuchen gehört zum Weihnachtsfest wie Christbaumkugeln, Glühwein und Vogesentanne …«

Clotilde, die sie trotz der späten Stunde in der Küche angetroffen hatten, seufzte theatralisch auf. »Müssen Sie unbedingt alte Wunden aufreißen?«

»Ups, Verzeihung«, sagte Jules. »An Ihren geklauten Weihnachtsbaum habe ich gar nicht mehr gedacht.«

»Kürzen wir die Sache ab«, übernahm Joanna wieder das Kommando. »Wir möchten, dass Sie uns in die Herstellungsprozedur Ihrer Lebkuchen einweihen. Das ist wichtig für die Ermittlungen.«

»Eigentlich lasse ich mir nicht so gern in die Töpfe schauen«, wehrte Clotilde ab. »Ihr wart doch vorhin schon beim Kochen dabei. Reicht das nicht?«

»Bitte, bitte«, blieb Joanna auf nette Art beharrlich.

Wortlos führte Clotilde ihre ungebetenen Küchengäste zu einer großen, klobigen Rührmaschine, in der noch ein Rest des Teiges enthalten war. Jules beugte sich über den voluminösen Bottich, woraufhin verschiedene angenehme Gerüche in seiner Nase kitzelten: süßliche Noten von Zimt, Anis, Kardamom und Koriander.

Als Nächstes führte die Wirtin sie zu einem monströsen Gebilde, das für die beengte Küche völlig überdimensioniert wirkte. Clotilde öffnete eine kleine Klappe in der riesigen Ofenwand. Wie Joanna und Jules erfuhren, buken die Teiglinge bei 200 Grad Hitze. »Ich gebe den Lebkuchen aber lieber ein bisschen weniger Hitze, dafür ein paar Minuten mehr Zeit im Ofen. Das muss man halt im Gefühl haben.«

Clotilde reichte beiden ein Probierstückchen, an dem Joanna und Jules zunächst prüfend rochen, bevor sie hineinbissen.

»Noch besser sind sie natürlich, wenn man ihnen Zeit zum Reifen lässt, denn Lebkuchen isst man normalerweise ja nicht frisch, sie sollten vor dem Verzehr etwas lagern. Aber wie ich sehe, schmecken sie euch auch jetzt schon.« Clotilde hob den Blick und sah Joanna herausfordernd an: »Wenn – und ich betone das Wörtchen ›wenn‹ – der Mörder tatsächlich einen meiner Lebkuchen hier in meiner Küche mit Gift versetzt hat, dann kann er das nur an dieser letzten Station getan haben. Als wir uns alle gemeinsam ans Eindecken des Büfetts gemacht haben, war Pierre noch mit der Veredelung beschäftigt gewesen. In dem Trubel und der Hektik und bei all den Leuten, die sich in der Küche aufhielten, hätte jemand mit bösen Absichten das Gift in den Guss mischen können.« Sie hob die Brauen, als sie skeptisch hinzufügte: »Allerdings: Wenn das Zeug im Guss war, müsste ja die ganze Charge vergiftet worden sein …«

Diese Einschränkung focht Joannas Überzeugung nicht an: »Dann hat der Mörder eben eine einzelne Lebkuchenscheibe bearbeitet, zum Beispiel mit einer Injektionsnadel, um sie gezielt dem Opfer zuzuspielen. Das finden wir schon noch heraus.« Sie nickte langsam und mit nachdenklicher Miene. »Ja, bei all der Hektik und den vielen Leuten in der Küche könnte es sich genauso zugetragen haben. Anschließend musste der Täter oder die Täterin nur noch dafür sorgen, dass Gabriel den präparierten Lebkuchen auch wirklich in die Hände bekam. Auch das ließ sich im allgemeinen Getümmel sicherlich ohne große Schwierigkeiten bewerkstelligen.«

Während Joanna und Jules durch ihren Küchenbesuch wenigstens eine Wissenslücke schließen konnten, hatte der Gendarm keinen Erfolg zu vermelden: Auch die zweite Durchsuchung von Gabriels Zimmer war erfolglos geblieben. Keine Spur von einem Manuskript.

In Jules keimte der Verdacht auf, dass der Täter sich das belastende Manuskript längst selbst geschnappt hatte.

15

»Willst du dir und mir das wirklich antun?«, fragte Jules, der gegen die Müdigkeit ankämpfte. »Statt noch eine Befragung anzusetzen, sollten wir endlich schlafen gehen und morgen weitermachen.«

Aber davon wollte Joanna nichts wissen und ließ Clément in das Verhörzimmer rufen.

»*Monsieur*, sehen Sie sich in der Lage für dieses Verhör? Sie wirken nicht, als wären Sie noch sehr aufnahmebereit«, empfing sie ihn.

In der Aufnahmebereitschaft beeinträchtigt fühlte sich auch Jules. Doch das schien ihr ja wohl egal zu sein. Missmutig griff er zum Stift und machte sich bereit zum Mitschreiben.

»Klar, ich bin in der Lage«, antwortete Clément zu Jules' Verdruss. »Warum auch nicht. Nur weil ich ein paar Gläser Wein mehr intus habe als der Rest der Meute? Glauben Sie mir: Ich kann was vertragen.«

»Trinken Sie regelmäßig?«, fragte Joanna.

Clément sah sie erstaunt an: »Geht es hier um einen Mordfall oder meine Gesundheit? Aber was soll's. Ja, ich trinke regelmäßig. Gern und viel. Sehr viel. Was bleibt mir anderes übrig in meinem Leben. Ist doch alles den Bach hinuntergegangen. Von Anfang an.«

Jules überkam ein maues Gefühl. Clément war offensichtlich angetrunken. In seinem Zustand eine Befragung durchzuführen, war sicher nicht regelkonform. Warum machte Joanna trotzdem weiter?

»Sie führen eine unglückliche Ehe, habe ich erfahren«, sagte sie.

Clément machte eine wegwerfende Handbewegung. »Unglückliche Ehe ist gar kein Ausdruck. Die Hölle auf Erden. Diese Frau hat mir ihren Willen aufgezwungen, im gemeinschaftlichen Gewaltakt mit ihrer ganzen Familie. Sie ist eine von drei Töchtern, die hässlichste noch dazu. Die brauchten einen Idioten, der für sie das väterliche Weingut weiterführt. Also habe ich mich vor den Karren spannen lassen und den Trottel für sie gegeben.«

»Mit Verlaub: In Frankreich sind Zwangsehen nicht zulässig.«

»Sehr witzig. Ich war damals blutjung, hatte gerade den Abschluss in der Tasche. Wollte auf die Uni, etwas Technisches studieren. Ingenieur wäre mein Traumberuf gewesen.«

»Aber?«

»Aber erstens kommt es anders und zweitens, als man denkt. Mit Frauen lief das bei mir nämlich ganz schlecht in den jungen Jahren. Ich habe also nicht lange gefackelt, als sich mir endlich mal eine Gelegenheit bot. Ja, und dann war es zu spät. Schwangerschaft schon nach dem ersten Mal. Ich war der totale Loser.«

»Es hätte schon damals die Möglichkeit zur Verhütung gegeben«, merkte Joanna an.

Diese Bemerkung brachte Clément auf: »Nun reicht's aber, *Madame*. Ich bin vielleicht blau, aber nicht blöd. Wollen Sie aus meinem privaten Pech ein Mordmotiv basteln? Dann bin ich gespannt, warum ich meinen Frust ausgerechnet am kreuzbraven Gabriel ausgelassen haben sollte.«

»Vielleicht war er ein Zufallsopfer. Vielleicht haben Sie in blinder Wut auf das Leben an sich nach willkürlicher Rache gesucht.«

Jules rutschte auf seinem Stuhl hin und her. Er fand, dass es Joanna übertrieb. Sie setzte den alkoholisierten Clément zu stark unter Druck. Hoffte sie etwa auf ein Geständnis vor Mitternacht, um den Fall noch heute zu lösen? Dann müsste sie sich aber sehr beeilen.

»Sie wollten jemanden aus ihrer früheren Clique dafür töten, dass es allen anderen besser ergangen ist als Ihnen«, reizte sie Clément weiter.

Dieser wehrte sich: »Ist das … ist das Ihr Ernst? Ich meine: Das ist ziemlich krass, was Sie hier abziehen. Ich dachte, hier geht es nur um eine Zeugenvernehmung?«

»Es ist nur eine Theorie, die ich in Betracht ziehen muss. Denn permanente Frustration, gepaart mit

Alkoholmissbrauch, birgt das Potenzial für exzessive Gewaltausbrüche«, rechtfertigte Joanna. »Außerdem sagt man, dass Sie eine Schwäche fürs Glücksspiel haben und daher knapp bei Kasse sind …«

Clément schnaufte aufgebracht. »Glücksspiele? Aber das ist kalter Kaffee, damit habe ich nichts mehr am Hut.« Dann dämmerte es ihm wohl, wie Joanna davon erfahren haben könnte. »Ach, Sie haben gehört, dass Gabriel mir mal aus der Klemme geholfen hat, ja?«

Joanna bestätigte das, ohne Namen der Informanten zu nennen.

»Ich versichere Ihnen, ich habe ihm das Geld zurückgezahlt, jeden Cent«, erklärte Clément noch immer erregt. »Mich werden Sie nicht als Mörder hinstellen! Ich bin es nicht gewesen! Bestimmt nicht!«

»Gabriel war ein netter Kerl, richtig?«, fragte Joanna weiter. »Einer, der ebenfalls unter einer unglücklichen Liebe gelitten hat.«

»Sie spielen auf das Gerede um Josefine an. Da steckt nichts dahinter. Das wurde ihm immer nur nachgesagt.«

»Ich spiele auch auf seine homosexuellen Neigungen an. Angeblich gab es eine sexuelle Beziehung während der Schulzeit.«

Clément machte große Augen. »Gabriel soll auf Männer gestanden haben? Das höre ich heute zum ersten Mal. Nein, nein, ich sage Ihnen mal was: Gabriel hat an etwas völlig anderem gelitten als an irgendeinem Beziehungsstress. Er hat es nie verwunden, wie sich seine Freunde nach dem Unfall damals in Grenoble verhalten haben. Die Sache mit Emmanuel wurde einfach totgeschwiegen.«

»Die fehlende Aufarbeitung eines Traumas?«, mutmaßte Joanna. »Glauben Sie, der Skiunfall hat ihn tatsächlich so nachhaltig und andauernd bewegt? Oder handelte es sich gar nicht um einen Unfall, sondern um einen Mord?«

Ein Zittern durchfuhr Cléments Körper. »Nein, es war ein Unfall. Zumindest habe ich nie etwas anderes erfahren. Aber vielleicht hätte Emmanuel am Unfallort noch geholfen werden können, wenn seine Kumpels nicht einfach weitergefahren wären. Wir – ich schließe mich da mit ein – haben viel zu lange gezögert und zu spät die Bergwacht alarmiert. Unser alter Lehrer Guillaumin, der ja damals dabei gewesen war, sieht das übrigens ähnlich. Aber auch er redet nicht gern darüber.«

»Monsieur Guillaumin werden wir auch noch befragen«, entgegnete Joanna. »Ich werde diesen Punkt bei ihm ansprechen. Vielen Dank, das war's dann erst mal. Sie dürfen schlafen gehen.«

Ohne ein weiteres Wort taumelte Clément aus dem Raum.

»Soll ich das Fenster noch mal aufmachen?«, fragte Jules, als er gegangen war.

»Nein, danke«, meinte Joana.

»Schießt du nicht über's Ziel hinaus, Joanna?«, fragte Jules sie. »Clément hatte nicht ganz unrecht mit seiner Bemerkung: Das war doch nicht mehr eine bloße Zeugenbefragung, sondern ein knallhartes Verhör. Du hast ihn ja wie einen Verdächtigen behandelt.«

»Überlass das mir, Jules«, gab Joanna schmallippig zurück. »Ich habe sie alle darauf hingewiesen, dass sie ohne Rechtsbeistand nichts zu sagen brauchen. Wenn mir die Leute trotzdem antworten, geschieht dies freiwillig. Und ich werde ihren Redefluss ganz gewiss nicht unterbrechen.«

»Wenn du meinst …«, sagte Jules. Nachdem Joanna daraufhin ungewöhnlich lange schwieg, erkundigte er sich: »Was denkst du?«

Sie sah ihn müde an. »Was ich denke? Zum einen, dass mir allmählich die Puste ausgeht. Ich brauche dringend ein paar Stunden Schlaf.« Sie gähnte herzhaft. »Und zum anderen denke ich, dass wir nun ein ganzes Bündel vielversprechender Hinweise zusammengeschnürt haben.« Sie nannte Gabriels Schwärmerei für Josefine ebenso wie seine angebliche Homosexualität. Außerdem zählte sie den Skiunfall auf und die Tatsache, dass lediglich vier Personen unmittelbar daran beteiligt gewesen waren. »Was mir noch fehlt, ist ein Bild von Emmanuel. Das meine ich wörtlich: Ich möchte wissen, wie er ausgesehen hat. Was er für ein Typ gewesen ist.«

»Ein Bild von Emmanuel?«, fragte Jules erstaunt. »Ich könnte ihn dir beschreiben, wenn das wichtig für den Fortschritt deiner Ermittlungen ist. Doch was soll dir das bringen?«

»Vielleicht den entscheidenden Hinweis«, meinte Joanna geheimnistuerisch. »Danke für dein Angebot, aber das reicht mir nicht. Ich muss dieses Gesicht selbst vor Augen haben. Ich werde gleich ein Foto bei der Dienststelle in Grenoble anfordern, dann habe ich es morgen früh auf meinem *iPhone*.«

16

Jules sah die Ringe unter Joannas Augen, auch er selbst fühlte sich müde und ausgelaugt. Daher war er erleichtert, als sich Joanna dazu entschloss, die Befragungen erst einmal auszusetzen und am nächsten Morgen weiterzumachen.

Die meisten Gäste reagierten ähnlich wie Jules und machten sich gähnend auf den Weg in ihre Zimmer. Für diejenigen, die eigentlich nicht für eine Übernachtung vorgesehen gewesen waren, machten Clotilde und Pierre auf die Schnelle einige Kammern im Dachgeschoss zurecht.

Nur zweien ging die angeordnete Nachtruhe gegen den Strich: Lehrer Guillaumin beschwerte sich höflich, aber entschieden darüber, dass er schon so lange darauf gewartet habe, seine Aussage zu Protokoll zu geben. Und Louis drohte abermals mit der fürchterlichen Rache seines Anwalts und dem damit einhergehenden Karriereende von Joanna, sollte die »Scharade«, wie er es abfällig nannte, nicht bald beendet sein.

Joanna blieb beharrlich, sodass keine 20 Minuten später tiefe Stille in der *Auberge* einkehrte. Jules war so frei und schlüpfte bei ihr mit unter die Decke.

»Diese Sache mit dem Skiunfall – vielleicht ist da doch mehr dran«, murmelte Joanna schlaftrunken und kuschelte sich eng an ihn. »Was kannst du mir darüber sagen, Jules?«

»Nicht mehr als das, was auch die anderen schon berichtet haben«, antwortete Jules gähnend. »Es ist lange her, und es gibt keine Augenzeugen für den eigentlichen Sturz.« Er hoffte, dass es Joanna dabei bewenden ließ.

Aber nein. »Trotzdem würde ich gern mehr darüber wissen«, blieb sie beharrlich.

»Willst du den Vorfall etwa nachstellen? Skigebiete gibt es ja auch hier, gleich drüben in den Vogesen: Der Schlumpf zum Beispiel gilt als längste Piste in der Gegend, Abfahrt aus über 1000 Metern Höhe, es gibt eine grüne und eine rote Strecke. Oder der Wintersportort Merkstein, der bringt es sogar auf 1200 Meter und hat einen Slalomparcours. Ziemlich beliebt ist auch der Skiort Lac Blanc, da kannst du schöne kurvige Spuren im frisch gefallenen Schnee hinterlassen auf immerhin 14 oder 15 Kilometern alpinen Skipisten. Natürlich findest du auch einen Nordischen Bereich und Langlaufloipen …«

»Danke, das brauchst du mir nicht zu erzählen. Die meisten dieser Pisten bin ich schon als Kind runtergerutscht.« Joanna rang sich ein schwaches Lächeln ab und sah ihn liebevoll an. »Es gibt eben nichts, was es im Elsass nicht gibt.«

»Doch«, widersprach Jules und dachte an die alte Heimat, »den Ozean.«

»Gib doch zu, dass du ihn nur noch sehr selten vermisst. Du fühlst dich wohl in deiner neuen Heimat. Du bist endlich angekommen, und das ist gut so.«

»Wenn du meinst ...«

»Ja, das meine ich. Und jetzt: *Bonne nuit*, gute Nacht.«

»Gute Nacht«, raunte Jules ihr zu. »Nur eines noch ...«

»Ich bin müde.«

»Vorhin, nach der Befragung von Clément, habe ich dich gefragt, ob ich das Fenster zum Lüften aufmachen soll.«

»Ja, und?«

»Du hast ›nein‹ gesagt. Das bedeutet, du hast dich nicht durch seine Alkoholausdünstungen belästigt gefühlt.«

»Ja, stimmt, ich fand nämlich nicht, dass er eine Fahne hatte.«

»Hätte er aber haben müssen in dem Zustand, in dem er sich vorgeblich befunden hat.«

»Vorgeblich? Du meinst, er hat uns den Trunkenbold nur vorgespielt?«

»Ausschließen würde ich es jedenfalls nicht.«

»Interessant«, murmelte Joanna noch, dann blieb es still.

Sehr bald schlief er ein und träumte von Lebkuchen, die eine Skipiste herunterrollten, dabei immer mehr Schnee ansammelten und zu gigantischen weißen Bällen heranwuchsen. Wie eine Lawine rasten sie auf die *Auberge* zu. Jules ahnte, dass das in einer Katastrophe enden würde. Die Schneemassen würden das Gasthaus einfach platt walzen! Wie es aussah, war er der Einzige, der die drohende Gefahr erkannte, denn alle anderen schliefen ja. Er musste sie warnen! Er musste Alarm schlagen!

Doch offenbar gab es doch noch einen anderen hellen Geist, der laute Schreie ausstieß. Gellende Schreie, die jeden noch so tief Schlafenden wecken mussten.

Erst als er selbst wach wurde, irritiert zwinkerte und sich die Augen rieb, wurde Jules klar, dass diese Geräusche nicht zu seinem Traum gehörten. Dass sie von außen in seine Gedankenwelt eingedrungen waren.

Er drehte sich zur Seite. Dort lag Joanna unter ihrer dicken Decke und schlummerte friedlich. Jules lauschte angestrengt in die Nacht. Nun war es wieder mucksmäuschenstill. Hatte er sich die Schreie nur eingebildet? Aber nein! Sie waren so laut und deutlich zu hören gewesen, als wären sie aus dem Nachbarzimmer gekommen.

Um keinen blinden Alarm auszulösen, erhob sich Jules leise aus seinem Bett. Barfüßig schlich er aus dem Zimmer. Der Flur war in Schummerlicht getaucht. Auf halbem Weg zur Treppe, direkt neben einer hüfthohen Vase, saß der Gendarm, den Joanna als Wachposten für die Nacht eingeteilt hatte. Jules ging auf ihn zu, um ihn zu fragen, ob auch er den Schrei gehört habe. Doch als er vor dem Polizisten stand, sah er, dass dessen Augen geschlossen waren und der Kopf auf der Schulter ruhte. In den Ohren trug der Kollege Hörstöpsel. Die Musik hatte ihn wohl schlaftrunken gemacht.

Jules ging bis zum Nachbarzimmer, wo er die Quelle der nächtlichen Unruhe vermutete. Beherzt klopfte er an die Tür. Als sich nichts rührte, drückte er die Klinke.

In der gleichen Sekunde wurde die Tür von innen aufgerissen. Ehe Jules sich's versah, stürmte eine schattenhafte Gestalt auf ihn zu und versetzte ihm einen schmerzhaften Stoß. Jules taumelte zwei Schritte zurück. Der Angreifer verlor keine Zeit und ergriff die Flucht. Bevor Jules richtig begreifen konnte, was vor sich ging, war die Gestalt in der Dunkelheit am Ende des Flurs untergetaucht.

So schnell er konnte, rannte Jules zum Lichtschalter, rüttelte kurz darauf den Gendarmen wach. Doch es war bereits zu spät. Von dem angriffslustigen Schatten fehlte jede Spur.

Keine Minute später tauchte auch Joanna auf. Gemeinsam betraten sie das Zimmer, dessen Tür noch immer weit offenstand. Die Nachttischlampe war umgestoßen worden. Auch ein Glas lag auf dem Boden und hatte seinen Inhalt über den Teppich vergossen.

Guillaumins stämmiger Körper lag ausgestreckt auf dem Bett, die Arme und Beine leicht abgewinkelt. Sein Kopf war unter einem Kopfkissen verborgen, das auf der Oberseite die Abdrücke von zwei Fäusten aufwies, mit denen es auf das Gesicht des Lehrers gepresst worden war.

»Oh nein!«, stieß Jules entsetzt aus. Nun bestand nicht mehr der leiseste Zweifel daran, dass sich ein Mörder in ihren Reihen befand.

17

Der Morgen graute, als das Team der Spurensicherung gemeinsam mit dem Polizeiarzt zum zweiten Mal binnen 24 Stunden das Gasthaus verließ. Joanna hatte veranlasst, dass die Tische der *winstub* an den Rand geschoben und die Stühle in einem Halbkreis aufgestellt wurden. Jeder Gast bekam von ihr eine persönliche Einladung, sich um Punkt 8 Uhr früh zu einer Gruppenbefragung einzufinden. Sie kündigte an, die näheren Umstände des tödlichen Skiunfalls von Grenoble klären zu wollen und somit den Grund für die mittlerweile zwei Morde in der *Auberge* aufzudecken.

Angesichts dieser strikten Zeitvorgabe würde kaum die Gelegenheit dafür bestehen, ein Frühstück vorzubereiten, musste Jules mit Bedauern feststellen. Denn nach dem Schock der letzten Nacht knurrte sein Magen nun besonders laut. Wenigstens ein Croissant und ein Milchkaffee müssten doch wohl drin sein.

Ein Blick in die Küche ließ seine Sorgen jedoch verfliegen: Clotilde und Pierre quirlten schon fleißig Eier, aus denen sie mithilfe von reichlich Sahne, einem milden Ziegenkäse und getrockneten Kräutern goldgelbe, schaumweiche Omeletts buken.

Gestärkt durch die delikate Eierspeise und Kaffee nahm Jules erneut seine Arbeit als Protokollant auf, während Joanna in ausladender Geste auf die versammelte Runde deutete und verkündete: »*Mesdames et Messieurs*, wie Sie inzwischen alle wissen, hat sich heute Nacht ein weiterer Mord ereignet– und wieder wurde die Tat in einer geschlossenen Gesellschaft verübt. Das bedeutet: Der Täter oder die Täterin ist noch immer unter uns.«

Das Raunen, das Joanna entgegenschlug, ließ sie ganz bewusst ausklingen und redete erst weiter, nachdem sich auch der letzte Zuhörer beruhigt hatte und das Tuscheln erstarb. »Da ich nicht davon ausgehen kann, dass sich der Täter freiwillig stellt und uns sein Motiv verrät, bin ich auf die Hilfe von Ihnen allen angewiesen. Denn nach den Einzelgesprächen, die ich mit Ihnen geführt habe, glaube ich, die Ursache für die beiden Morde in einem längst vergangenen Ereignis suchen zu müssen. Wie schon angedeutet, möchte ich Sie über Ihren Schulausflug nach Grenoble befragen.«

Wieder erfüllte ein Wispern und nervöses Räuspern die Stuhlreihen. Jules betrachtete nacheinander die Gesichter seiner einstigen Wegbegleiter und fragte sich: Würde er ihnen, seinen alten Freunden, noch immer blind vertrauen? Jedem Einzelnen von ihnen? – Wohl kaum, gestand er sich enttäuscht ein.

»Schildern Sie mir bitte den genauen Ablauf der Ereignisse, die zum Tod Ihres Schulkameraden

Emmanuel geführt haben«, forderte Joanna die Gäste auf, sich einzubringen. »Lassen Sie kein Detail aus und ergänzen oder verbessern Sie Ihre Vorredner. Je mehr Informationen ich auf diese Weise bekomme, umso besser.«

Kurze Zeit herrschte betretenes Schweigen. Bis Louis den Bann brach und mit den Worten »Ach, was soll's!« zu berichten begann. Andere schlossen sich an, und zuletzt hatten jeder und jede einen Beitrag geleistet.

Für Jules, den Protokollführer, ergab sich erstmals ein geschlossenes Bild der Ereignisfolge, das er – obwohl er seinerzeit ja selbst dabei gewesen war – niemals dermaßen klar und deutlich gesehen hatte oder vielleicht nicht hatte sehen wollen …

18

Gemeinsam mit *Professeur* Guillaumin genossen sie den letzten Tag einer ungezwungen fröhlichen Skifreizeit in Grenoble. Guillaumin freute sich darüber, dass es weder zu Alkoholexzessen, tatkräftigen Auseinandersetzungen oder unzüchtigen Handlungen noch zu ernsthaften Verletzungen auf der Piste gekommen war, und sah dem Ende des Schulausflugs ziemlich entspannt entgegen. Bevor der Bus gegen Mittag in Richtung Heimat aufbrach, gestattete Guillaumin den Schülerinnen und Schülern auf deren beharrliches Bitten hin, ihren Skipass ein letztes Mal zu nutzen. Gemeinsam fuhren sie mit der Gondel den Berg hoch, um eine abschließende Talabfahrt anzutreten.

Gegen die Absprache sonderte sich ein Teil der Gruppe ab: Emmanuel, Josefine, Gabriel und Hugo verließen die vorgesehene Route, wählten eine alternative Streckenführung durch einen Nadelholzwald. Dieser Ziehweg sollte sie etwa zwei Kilometer weiter zurück auf die Talabfahrt leiten. Doch abermals entschieden sich die vier Abweichler um: Sie entschlossen sich dazu, die präparierte und gesicherte

Pistenführung links liegen zu lassen und sich den Rest des Weges auf eigene Faust durchzuschlagen.

Die weitere Abfahrt gestaltete sich für die Vier schwieriger als gedacht. Während sie die ersten Probleme noch gemeinsam meisterten, sich absprachen und gegenseitig halfen, schwand die Solidarität angesichts der Belastung zusehends, sodass sehr bald jeder nur noch auf das eigene Fortkommen bedacht war. Die Abstände zwischen den Skifahrern vergrößerten sich, die vier Jugendlichen verloren sich aus den Augen.

Nur mit Mühe und viel verlorener Zeit gelang es ihnen, den Anschluss an die reguläre Pistenführung wiederzufinden. Erleichtert über den glimpflichen Ausgang ihrer Extratour beeilten sie sich, ihre Mitschüler einzuholen, um pünktlich zur Heimfahrt am Bus zu sein. Doch Zeitdruck und Stress verleiteten sie abermals dazu, nicht ausreichend aufeinander aufzupassen. Sie blickten sich zwar hin und wieder nach den anderen um, jeder registrierte aber nur einzelne Gesichter, niemand zählte nach.

Als sie ihr Ziel, die Gruppe und Lehrer Guillaumin, nur zu dritt erreichten, konnte daher niemand genau erklären, wo Emmanuel geblieben war. Folgte er kurz hinter ihnen? Kam er jeden Moment um die nächste Biegung geschossen? Oder hatte er schon weiter oben auf dem Berg den Anschluss verpasst? Lehrer und Schüler warteten geduldig auf den Verspäteten. Niemand machte sich zunächst übermäßig große Sorgen um ihn. Neckische Witze wurden gerissen: Emmanuel vergnüge sich womöglich mit einer Maid von der Alm.

Die Tatsache, dass ihr Schulkamerad auch eine halbe Stunde später nicht am Ziel angekommen war, ließ die Stimmung mit einem Mal kippen: Als die ersten merkten, wie viel Zeit inzwischen verstrichen ist, stellten sie das Herumalbern ein, einige gerieten in panische Unruhe. *Professeur* Guillaumin knöpfte sich noch einmal Emmanuels drei Begleiter vor, sprach abseits der anderen Schüler mit ihnen. Nach diesem Gespräch wirkte er erbost und sehr aufgebracht. Er alarmierte die Bergwacht.

19

… und dann fanden sie den Toten im Schnee, beendete Jules seinen gedanklichen Ausflug in die Vergangenheit.

Er legte seinen Kugelschreiber beiseite, da Joanna aufgehört hatte, Fragen zu stellen, und das Mitteilungsbedürfnis der anderen allmählich nachließ. Er fragte sich, welche Schlüsse Joanna aus diesem Fragment der Geschichte ziehen würde.

Sie strich zunächst ihr Haar aus der Stirn, anschließend sah sie ausgiebig in die Runde. Prüfend, musternd, lauernd. Erst eine quälend lang erscheinende Minute später gab sie zu erkennen, dass sie noch immer nicht schlauer war. Denn sie rief: »Kaffeepause! In einer Viertelstunde sehen wir uns wieder.«

Jules entging nicht, dass die Kaffeepause weniger der nervlichen Entlastung der anderen galt, als sie vielmehr Joanna selbst dazu dienen sollte, ihre Gedanken zu sortieren. Er beobachtete sie dabei, wie sie sich mit seiner Mitschrift in den ersten Stock zurückzog. Wahrscheinlich würde sie in dem kleinen Verhörzimmer so lange über den Protokollen brüten, bis sie endlich vom alles klärenden Geistesblitz getroffen werden würde.

Doch kurz darauf sah er sie schon wieder auf der Treppe stehen, von wo aus sie ihn zu sich winkte. Jules folgte ihr in den Raum, wo sich beide einander gegenübersetzten, Joanna mit gekräuselter Stirn und unruhig wippenden Fingern.

»Was glaubst du?«, leitete sie das Gespräch mit ihm ein. »Wer hat es getan?«

Jules zuckte mit den Schultern. »Ich bin leider völlig ahnungslos. Ich kenne jeden der Beteiligten, habe die Vorgeschichte selbst miterlebt und tappe dennoch vollkommen im Dunkeln. Vielleicht bin ich an diesem Fall schlicht und einfach zu dicht dran, um mir eine ausgewogene Meinung bilden zu können.«

Joanna nahm das zur Kenntnis und legte ihre eigenen Überlegungen offen: »Ich bin zu dem Schluss gekommen, dass der Dreh- und Angelpunkt dieses Dramas im persönlichen, zwischenmenschlichen Bereich zu suchen ist. Wir haben es mit einer Eifersuchtstat zu tun sowie mit zwei Folgetaten, die dazu dienen, die Täterschaft der ersten Tat zu vertuschen.«

»Wenn ich das mal im Klartext aussprechen darf, meinst du, dass Emmanuel von einem eifersüchtigen Verehrer oder einer Verehrerin vom Berg gestoßen wurde?«, wollte Jules wissen.

»Nicht ganz. Denn meiner Meinung nach handelte es sich nicht um einen Verehrer, sondern um einen Rivalen.« Mit diesen Worten ließ Joanna eine

Fotografie auf dem Display ihres Handys erscheinen. Gleich darauf zog sie eine ganz ähnliche Aufnahme aus ihrer Aktenmappe.

Beide Bilder zeigten einen gut aussehenden jungen Mann mit strahlenden blauen Augen, offenem Lächeln, markanten Wangenknochen und naturgewelltem dunkelblondem Haar.

»Das Bild auf dem *iPhone* habe ich mir von der Kripo schicken lassen. Das andere Foto haben wir in Gabriels Koffer gefunden. Beide Aufnahmen zeigen deinen verstorbenen Schulkameraden Emmanuel im Alter von etwa 18 Jahren, also kurz vor seinem Tod«, erklärte sie. »Ich würde sagen, er sah sehr attraktiv aus. Oder?«

Jules sah sich die Bilder an und bestätigte: »Ja, das ist Emmanuel. Aber ich verstehe nicht, worauf du hinauswillst.«

»Mit der Frage nach seiner Attraktivität?« Joanna zeigte ein feines Schmunzeln. »Liegt es nicht auf der Hand? Für mich als Außenstehende hätte dieser Emmanuel das perfekte Pendant zu eurer Schönheitskönigin Josefine abgegeben. Wenn ich mir die beiden zusammen vorstelle, wären sie zumindest äußerlich das Traumpaar schlechthin gewesen.«

»Aber ich dachte, Emmanuel war homosexuell?«, brachte Jules eine andere Erkenntnis aus den Verhören ins Spiel. Nämlich die, dass Jean-Pascal damals Emmanuel und Gabriel in flagranti ertappt hatte.

Joanna deutete ein Kopfschütteln an. »Nicht unbedingt. Vieles spricht dafür, dass Gabriel homosexuell veranlagt war, und da er ein Foto von Emmanuel aufbewahrt hat, muss er für ihn geschwärmt haben.«

»Aber umgekehrt nicht?«, folgerte Jules.

»Nein. Es ist anzunehmen, dass Emmanuel mit Gabriel wohl nur experimentiert hat. Denn wenn ich nicht völlig danebenliege, muss er in Wahrheit hinter Josefine her gewesen sein – wie alle anderen auch. Habt ihr nicht gesagt, dass Emmanuel ein ausgezeichneter Skifahrer war?«

»Ja, soweit ich mich erinnere, zählte er zu den besten. Er galt tatsächlich als Sportskanone«, bestätigte Jules.

»Ich kann mir gut vorstellen, dass es Emmanuel selbst gewesen ist, der die kleine Extratour abseits der Piste vorgeschlagen hat, um sein Skitalent unter Beweis zu stellen und Josefine damit zu imponieren. Am liebsten hätte er diesen Abstecher wohl mit seiner Flamme allein unternommen.«

Allmählich dämmerte Jules, worauf sie anspielte, und er knüpfte an Joannas Gedankengänge an: »Doch Hugo, der ja schon damals Josefine für sich beansprucht hat, schloss sich den beiden an und wachte eifersüchtig über seine Freundin.«

»Richtig. Ebenso tat es Gabriel, der wiederum Emmanuel argwöhnisch beobachtete«, brachte Joanna das Gedankenkonstrukt zu Ende.

Das ergab Sinn, dachte Jules und sah, dass sich die Zahl der mutmaßlichen Mörder plötzlich drastisch reduzierte.

20

Die Kaffeepause, zu der Clotilde eine herrlich duftende Auswahl an Vanillekipferln und Spritzgebäck gereicht hatte, wurde von Joanna mit einem Löffelschlag an ihr Wasserglas beendet. Mit dem Gehorsam einer Schafherde setzten sich die Gäste wieder auf ihre Stühle. Ihre gleichmütigen Gesichtsausdrücke zeigten, dass niemand mehr an ein schnelles Ende der Ermittlungen glauben mochte.

Umso überraschter reagierten die meisten, als Joanna den Abschluss ihrer Befragungen ankündigte: »*Mesdames et Messieurs*, ich möchte mich ausdrücklich bei Ihnen für die konstruktive Mitarbeit bedanken. Durch Ihre Aussagen ist es gelungen, die Ereignisse schlüssig zu rekonstruieren und dem Täter auf die Schliche zu kommen.«

Jules konnte nicht anders und sah Josefine und Hugo direkt an. Beide saßen stocksteif auf ihren Stühlen.

»Es wird sich im Nachhinein nicht mehr beweisen lassen, ob und wer Ihren Schulfreund Emmanuel bei Grenoble in den Tod gestürzt hat«, erläuterte sie in sachlichem Tonfall. »Eine Variante sieht so aus, dass

Gabriel K., der eine starke Zuneigung für Emmanuel empfand, wegen mangelnder Gegenliebe und verletzter Eitelkeit eine Tat im Affekt ausführte.«

Sie ließ ihre Worte wirken, bevor sie fortfuhr.

»Wahrscheinlicher ist Variante zwei: Demnach hat sich Emmanuel an Josefine herangemacht, ist vielleicht sogar zudringlich geworden …«

»Was?«, unterbrach Josefine und sprang auf. »Das wüsste ich aber! Emmanuel hat sich gar nicht für mich interessiert!«

»Dann wäre er der einzige Mann auf Erden gewesen«, kommentierte Jodine eine Spur zu sarkastisch.

»Bitte sei still!«, bremste Jean-Pascal sie.

Joanna wartete, bis wieder Ruhe eingekehrt war. »Wir gehen davon aus, dass Gabriel seinerzeit Zeuge eines Eifersuchtsdramas mit tödlichem Ausgang geworden ist«, ließ sie die Bombe platzen. »Er sah mit an, wie Emmanuel – womöglich im Zuge einer Rangelei – in den Tod gestoßen wurde.«

»Ach ja?« Nun hatte sich auch Hugo von seinem Platz erhoben. Provokativ verschränkte er seine Arme vor der Brust. »Ein hübsches Märchen, das Sie uns erzählen. Ich nehme an, dass ich derjenige sein soll, der darin den Bösewicht spielt. Ich soll Emmanuel vom Berg gestoßen haben, weil er ein Auge auf Josefine geworfen hatte? Dass ich nicht lache!« Er blickte sich um Unterstützung heischend nach den anderen um. Doch deren Gesichter blieben bewegungslos. »Und wenn es so wäre«, setzte er seine Verteidigung fort, »dann frage ich Sie, warum Gabriel mich nicht verpetzt hat. Er hätte Guillaumin oder später der Gendarmerie alles erzählen können.«

»Gabriel schwieg, weil er durch das Erlebte geschockt war«, antwortete Joanna. »Außerdem hatte er Angst, dass man ihm nicht glauben würde. Es ist anzunehmen, dass Sie ihn zudem unter Druck gesetzt haben. Vielleicht mit der Drohung, ihm könnte das gleiche Schicksal drohen wie Emmanuel.«

»Das sind bodenlose Unterstellungen! Wenn ich ihm wirklich so viel Dampf gemacht hätte, wie Sie behaupten, hätte er sich doch nie im Leben zu unseren Adventstreffen getraut!«, ereiferte sich Hugo. »Ihre Anschuldigungen lassen sich durch nichts belegen!«

»Bis gestern mögen Sie mit dieser Behauptung recht gehabt und sicher gelebt haben«, sagte Joanna süffisant. »Doch dann tauchte Gabriel mit seinem geheimnisumwitterten Buchmanuskript auf. Um eine wahre Story sollte es sich handeln. Er wollte endlich klar Schiff machen, nicht länger mit der Angst und dem schlechten Gewissen leben. Ihnen muss bewusst geworden sein, dass dieses Manuskript die Grenoble-Story enthält – und zwar die wahre Geschichte. Für Sie gab es nur einen Ausweg, um diese für Sie fatale Entwicklung aufzuhalten: Sie mussten den lästigen Mitwisser von einst endlich zum Schweigen bringen und das Manuskript verschwinden lassen.«

»Genial«, rief Hugo ihr sarkastisch zu. »Prima zusammengesponnen, aber völliger Unsinn!«

»Unsinn?« Joanna hob die Brauen. »Ihr alter Lehrer Guillaumin schien anderer Ansicht gewesen zu sein. Denn nachdem er sich von Gabriel in groben Zügen über den Inhalt des Manuskripts hatte informieren lassen, reagierte er höchst alarmiert und wollte mich unbedingt sprechen. Er wollte mir mitteilen, dass neue Erkenntnisse über den Vorfall von Grenoble aufgetaucht seien. Und er wollte mir Ihren Namen nennen, Hugo.«

»Er wollte? Hat er aber nicht!«, entgegnete Hugo und wurde immer lauter. »Denn Guillaumin ist ebenfalls tot. Sie haben nichts in der Hand gegen mich! Gar nichts!«

»Das trifft nicht ganz zu«, sagte Joanna seelenruhig und zog einen gefalteten DIN-A4-Bogen aus ihrer Mappe.

»Was ist das?«, fragte Hugo entgeistert.

»Ein Brief«, antwortete Joanna. »Da es Guillaumin nicht gelang, sein Verhör bei mir vorzuziehen, schrieb er sich seine Sorgen von der Seele und deponierte diesen Brief in seiner Schreibtischschublade. Er enthält sämtliche Angaben und Bestandteile meines ›Märchens‹, wie Sie es eben abfällig nannten.«

»NEIN!« Josefine war es, die das Wort laut, beinahe hysterisch ausspie. »Nein, so war es nicht! So ist es nicht gewesen!« Sie versuchte, sich zwischen Hugo auf der einen und Jules und Joanna auf der anderen Seite zu schieben, um ihren Mann zu schützen.

Doch Hugo beachtete sie gar nicht. Angespannt und mit bebenden Lippen stand er mitten im Gastraum. Er setzte zu einer weiteren Gegenrede an, doch unterbrach er sich schon nach den ersten zusammenhanglosen Worten selbst.

Mit einem lauten Schrei stürzte er nach vorn, stieß erst Josefine um, dann Joanna in die Rippen. In der nächsten Sekunde versetzte er Jules einen Fußtritt und stürmte auf die Treppe zu.

21

Jules brauchte einen Moment, um sich von der Überraschung zu erholen, dass sie bei Hugo tatsächlich einen Treffer gelandet hatten. Hugo, ausgerechnet der souveräne Gewinnertyp, der Mann an der Seite der Traumfrau, war ein Mörder. Nicht zu fassen!

Er ignorierte die Schmerzen, die Hugos unfeiner Tritt an sein Wadenbein verursachte, und setzte dem Flüchtenden nach. Doch Hugo war schnell: Die knarrenden Stufen der betagten Treppe ins Obergeschoss nahm er in wenigen flinken Schritten. Kaum oben angekommen, schmiss er ein schlankes Tischchen samt Häkeldecke und Vase um. Die Vase zerbarst in Scherben und ergoss ihr Blumenwasser über die Holzdielen.

Jules schaffte es nicht, rechtzeitig abzubremsen und kam ins Rutschen. Gerade so konnte er sich am Geländer festhalten. Doch Hugo hatte seinen Vorsprung längst ausgebaut und schon das Ende des Flurs erreicht, von wo aus die Treppe weiter hinauf zu den anderen Gästezimmern führte.

Von unten waren laute Stimmen zu hören, am markantesten die von Joanna: Sie rief den Gendarmen zu

Hilfe. Dem Trampeln auf der Treppe nach zu urteilen, setzten sich aber auch etliche der Gäste in Bewegung, um den Täter zu fangen oder um näher am Geschehen zu sein und ja nichts zu verpassen.

So schnell es ging, rappelte sich Jules auf und spurtete Hugo nach. Dabei nahm er keine Rücksicht auf Clotildes Mobiliar und stieß Stühle, die ihm im Weg standen, mit roher Gewalt beiseite. Jules erklomm die Stiege ins oberste Stockwerk im Rekordtempo. Doch musste er sich selbst bremsen, als er den schmalen Flur in völliger Dunkelheit vorfand.

Hektisch tastete er nach dem Lichtschalter, fand ihn aber nicht. Intuitiv streckte er seine Arme aus und ließ seine Hände durch das undurchdringliche Schwarz gleiten, das vor ihm lag. Er ging weiter. Schritt für Schritt. Mit wummerndem Herzen.

Obwohl die Stimmen der anderen lauter wurden und ihre Schritte die Holzbohlen unter ihm zum Dröhnen brachten, gelang es Jules, sich auf die Geräusche unmittelbar vor ihm zu konzentrieren. Er nahm ein leises Scharren wahr. Als ob jemand voller Unruhe von einem Fuß auf den anderen trete und sich die Sohlen auf dem Boden rieben. Nun meinte er auch, ein leises krampfhaft unterdrücktes Atmen zu hören. Hugo musste ganz in seiner Nähe sein!

Binnen weniger Sekunden gewöhnten sich Jules' Augen an die Dunkelheit, sodass sich Umrisse und Konturen des Flurs abzeichneten. Er erkannte nun die Türfluchten, eine Kommode, gerahmte Bilder an den Wänden – und eine angespannt in einer Ecke stehende Figur, eine menschliche Silhouette! Sprungbereit, die Finger gespreizt wie die Krallen eines Tigers.

Jules wollte zum Angriff übergehen, Hugo überwältigen, bevor dieser das Gleiche mit ihm tun konnte. Doch ein eindringlicher Ruf aus dem Untergeschoss lenkte ihn ab: Der uniformierte Kollege stieß lautstark Mahnungen aus. Jules bekam gerade noch mit, wie er drohte, von seiner Schusswaffe Gebrauch zu machen. Da spürte er einen heftigen Schmerz in seinem Unterleib. Hugo hatte ihm sein Knie in die Leiste gerammt. Jules krümmte sich röchelnd. Ein hysterisches Lachen ausstoßend, schob sich Hugo an Jules vorbei in eines der Gästezimmer. Aus den Augenwinkeln konnte Jules erkennen, wie er sich an den Fenstergriffen zu schaffen machte. Plante er, über das Dach zu entkommen? Vielleicht um hinüber zum alten Wehrturm zu gelangen?

Sämtliche Gefühle und Sorgen unterdrückend, schwang sich Jules zu einem neuen Versuch auf, Hugo aufzuhalten. Er stieß sich aus der Hocke hoch, rannte die wenigen Schritte bis zum Zimmerfenster, geriet über einem Teppich erneut ins Stolpern und fiel mit lautem Fluchen geradewegs in Hugos Rücken. Die Wucht des Aufpralls brachte aber auch Hugo zu Fall. Beide Männer lagen auf dem Fensterbrett, starrten sich feindselig an, ballten die Fäuste.

Endlich tauchten auch die anderen auf. Der Gendarm ebenso wie Joanna und viele der Gäste. Der kleine Raum war rasch gefüllt mit Helfern und Neugierigen.

»Das war's dann wohl«, raunte Jules Hugo zu und ließ von ihm ab. »*Joyeux Noël* – frohe Weihnachten.«

»*Merci, à toi aussi*!«

22

Von vorweihnachtlicher Stimmung war einige Stunden später aber noch immer wenig zu spüren. Jules steckte die Aufregung der Nacht in den Knochen, und er nahm erleichtert zur Kenntnis, wie Hugo mit der laut schluchzenden Josefine an seiner Seite abgeführt und in einen Einsatzwagen verfrachtet wurde. Die traurige oder vielmehr verstörte Gesellschaft, die zurückblieb, machte auf Jules den Eindruck einer Gruppe von Freunden, deren letzte verbliebene Kindheits- und Jugendideale soeben zerplatzt waren wie Seifenblasen.

Niedergeschlagenes Schweigen herrschte in der *Auberge*, jeder hing seinen eigenen traurigen Gedanken nach, kaum fähig, die dramatischen Ereignisse der letzten Stunden zu verarbeiten. Für Jules schien es sicher zu sein, dass es das traditionelle Adventstreffen des Abschlussjahrgangs in dieser Form nie wieder geben würde. Die lockere Zusammenkunft, das vertrauensvolle Plaudern, Klatschen und Tratschen, das Pflegen der Nostalgie und Schwelgen in der Vergangenheit hatte ein jähes Ende gefunden. Das Abschlussklassentreffen hatte seine Unschuld verloren, endgültig und unwiederbringlich.

Das bedrückende Schweigen lag wie eine Last auf den Schultern der ratlos inmitten des Gastraums stehenden Gäste, bis Louis die Stille mit seiner selbstbewussten kräftigen Stimme durchbrach: »Ich sag mal, die Show ist zu Ende, Leute. Aufbruch ist angesagt!«

Jodine sah ihn angesichts der Barschheit seiner Worte böse an, doch ihr Mann Jean-Pascal nickte. »Auch wenn ich es nicht so flapsig ausdrücken würde: Louis hat recht. Wir haben hier alle nichts mehr verloren.«

Aurélie schmiegte sich an Raphaëls Seite und sagte: »Das alles ist … furchtbar. Niemals hätte ich es für möglich gehalten, dass in unserem Freundeskreis so etwas passieren könnte: drei Tote, und alles nur der Liebe wegen …«

»Frauen bringen eben bloß Unglück«, kommentierte Clément, rechnete wohl mit Widerspruch, doch niemand ließ sich darauf ein.

»Also, Freunde, packen wir's?«, wiederholte Louis seinen Aufruf und fingerte bereits nach seinem Porscheschlüssel.

»Ja, ich denke, das ist das Beste für uns alle«, stimmte Jules zu. »Jeder hat jetzt das Bedürfnis, für sich allein zu sein.«

»Ich habe nichts dagegen einzuwenden«, bestätigte Joanna. »Ihre Adressen sind bekannt, es besteht also keine Veranlassung, Sie hier länger festzuhalten.«

Damit kam Bewegung in die Runde. Einige strebten der Treppe zu, um ihre Reisetaschen von oben zu holen, andere nahmen sich ihre Mäntel von den Garderobenhaken.

»Aber nein!«, schallte plötzlich Clotildes Stimme durch den Raum. »Das geht doch nicht! Ihr könnt nicht aufbrechen, ohne eine Wegzehrung mitzunehmen!« Mit diesen Worten balancierte sie ein großes Silbertablett zwischen Tischen und Stühlen hindurch. Auf dem Tablett war pyramidenförmig ein Haufen Lebkuchen aufgeschichtet worden. Backfrische Lebkuchen bestreut mit Mandelsplittern.

Wort- und fassungslos starrten die Gäste sie an, worauf Clotilde ihren Fauxpas erkannte und rasch zurückruderte: »Wir haben auch eine Charge mit gehackten Walnüssen vorbereitet, die Alternative zu Mandelsplittern. Die Walnuss gehört ja quasi zum gastronomischen Erbe des Elsass, und die Ölmühlen erzeugen feinste sortenreine Öle in Kaltpressung daraus. Ich kenne eine Familie, die schon in der siebten Generation das Müllerhandwerk betreibt. Sie haben eine eigene Nussbaumplantage und bieten auch einige süße Walnussprodukte an wie Konfitüren …«

Doch da hörte ihr schon fast niemand mehr zu.

23

Die anderen waren bereits gegangen, als sich Jules gemeinsam mit Joanna auf den kurzen Heimweg quer über einen der Weihnachtsmärkte machen wollte. Spontan entschied sich Clotilde dazu, sich ihnen anzuschließen. »Ich brauche dringend frische Luft«, erklärte die Wirtin, die etwas sauer darüber war, dass niemand einen ihrer legendären Lebkuchen hatte mitnehmen wollen.

Vor der Tür erwartete sie eine ungetrübte Winterstimmung mit zuckerweißem Schnee und königsblauem Himmel. Lange Eiszapfen hingen von den Dachrinnen und Erkern der windschiefen Altstadthäuser gegenüber, und als Jules tief Luft holte und wieder ausatmete, kondensierte sein Atem zu einer dampfenden Wolke.

Joanna hakte sich bei ihm unter, was Jules zum Anlass nahm, um sie nach einem Detail der letzten Nacht zu fragen, das ihm im Kopf herumspukte: »Als du Hugo damit konfrontiert hast, dass Guillaumin ihn in einem Brief belastet hat, war ich ziemlich überrascht. Wie und wann hast du denn diesen Brief gefunden, und warum hast du mir nichts davon erzählt?«

»Jede Frau hat ihre Geheimnisse«, wich ihm Joanna mit einem schelmischen Lächeln aus.

»Nun sag schon«, drängelte Jules. »Was genau stand in Guillaumins Botschaft?«

»Nichts«, sagte Joanna und lächelte noch immer.

»Wie? Nichts?« Jules blieb stehen und schaute ihr direkt in die Augen. »Willst du damit sagen, dass es ein ...«

»... ein Bluff war, ja!«, rückte Joanna mit der Wahrheit heraus. »Einen solchen Brief hat es nie gegeben. Genau genommen hatte ich überhaupt nichts Greifbares gegen Hugo in der Hand.«

»Dann hast du aber hoch gepokert«, meinte Jules.

»Und gewonnen!«, antwortete Joanna zufrieden.

Jules blickte sie anerkennend an. »Somit ist es dir gelungen, einen Fall zu lösen, bei dem ich selbst nie weitergekommen bin. Ich kann es noch immer nicht glauben. Dann hat Hugo den armen Emmanuel damals tatsächlich absichtlich in den Tod gestoßen. Nur, weil der seiner Freundin schöne Augen gemacht hat.«

»Ich denke, ein wenig mehr hat wohl schon dahintergesteckt«, meinte Joanna. »Ich kann mir gut vorstellen, dass Emmanuel kurz davor stand, ihm Josefine auszuspannen. Da drehte Hugo einfach durch. Eine verhängnisvolle Kurzschlussreaktion, geboren aus der Heißblütigkeit der Jugend.«

»Womit er Josefine nur noch fester an sich geschweißt hat«, folgerte Jules.

Joanna nickte. »Ebenso wie Gabriel, denn der hatte seit diesem Vorfall einen Heidenrespekt vor Hugo und traute sich nicht, bei der Gendarmerie gegen Hugo auszusagen. Zumal er damit rechnen musste, dass ihm Hugo und Josefine widersprechen würden, denn Beweise für die Tat gab es ja keine.« Sie nahm ein paar tiefe Züge der kalten Winterluft, bevor sie weitersprach: »Es gibt allerdings noch eine andere Variante.«

»Ich bin ganz Ohr«, sagte Jules gespannt.

»In dieser zweiten Variante wäre Emmanuel der eigentliche Bösewicht.«

»Emmanuel – der Skitote?« Jules sah sie fragend an.

Joanna lächelte wissend. »Wir dürfen seine Rolle nicht auf die des Opfers beschränken. Bei allem, was ich über ihn erfahren habe, war er ein erfolgsverwöhnter Mädchenheld. Ganz und gar von sich eingenommen. Ich könnte mir vorstellen, dass Emmanuel während des Ski-Abstechers aufs Ganze gehen wollte und Josefine gegenüber zudringlich wurde. Sie wehrte sich gegen seine Belästigungen und stieß ihn daraufhin versehentlich in den Abgrund.«

»Das würde erklären, weshalb sie vorhin so aufgebracht reagiert und gerufen hat: ›So war es nicht, so war es nicht!‹«

»Genau. Wenn es sich damals so abgespielt hat, hat Hugo wahrscheinlich sofort die Chance seines Lebens erkannt und angeboten, die Sache für Josefine zu regeln. Seine Aufopferungsbereitschaft musste sich Josefine damit erkaufen, dass sie sich fortan nur noch ihm hingab und ihn letztlich auch heiratete. Und Gabriel wurde als Mitwisser zum Schweigen verdonnert.«

»Starker Tobak«, meinte Jules. »Dann muss das Gewissen Gabriel all die Jahre fürchterlich gequält haben. In seinem neuen Buch wollte er sich diese Last wohl endlich von der Seele schreiben und sich der Situation stellen.«

»Richtig«, bestätigte Joanna, »und auch seinen alten Lehrer Guillaumin, der wohl schon die ganze Zeit etwas geahnt hatte, zog er letztendlich ins Vertrauen.«

»Was dessen Todesurteil bedeutete«, sagte Jules matt.

»Leider ja. Hugo konnte beziehungsweise wollte es nicht zulassen, dass das dunkle Geheimnis von Josefine und ihm aufgedeckt und weitere Kreise ziehen würde.«

»Und genau diese Triebkraft machte ihn zum Mörder! Den Lebkuchenanschlag muss er schon lang vor unserem Treffen geplant, sich das Gift besorgt und es dann eiskalt zum Einsatz gebracht haben. Aber ob er auch den Mord an Guillaumin von vornherein ins Kalkül gezogen hatte – ich weiß es nicht.«

»Ich denke eher nicht. Guillaumin hat er erst im Laufe des Abends als Sicherheitsrisiko erkannt und dann die Gunst der Nachtstunde genutzt, um ihn mundtot zu machen. Im wahrsten Sinne des Wortes. Ich bin zuversichtlich, dass uns die Verhöre schon sehr bald Gewissheit darüber verschaffen werden.«

Clotilde, die inzwischen weitergegangen war, hielt plötzlich mitten im Schritt inne. Wie angewurzelt blieb sie vor einem Café stehen und starrte durch die große Frontscheibe ins Innere.

»Was ist los?«, erkundigte sich Jules. »Haben Sie einen Geist gesehen?« Zusammen mit Joanna beeilte er sich, das Café ebenfalls zu erreichen.

Clotilde streckte ihren behandschuhten Zeigefinger aus. Stockend und stammelnd brachte sie hervor: »Das ist nicht zu fassen! Die … die haben …«

»Was denn?«, fragte Jules erneut, denn er konnte außer ein paar nett eingedeckten Tischen und geschmackvoller Weihnachtsdekoration rein gar nichts erkennen, was den Unmut der Wirtin erregt haben könnte.

»Die … die waren so unverfroren und haben … sie haben meinen Weihnachtsbaum gestohlen!«, fand Clotilde endlich die richtigen Worte.

Jules konnte kaum glauben, was er hörte. Tatsächlich stand ganz hinten in dem eleganten Café ein Christbaum. Aber der sah nach Jules' Empfinden genauso aus wie jede x-beliebige Tanne.

»Weshalb sind Sie so sicher, dass das Ihr Baum ist?«, fragte Jules. »Woran erkennen Sie ihn?«

Clotilde sah ihn aus großen Augen an. »Ich habe es Ihnen doch schon gestern gesagt: Er ist grün und hat viele spitze Nadeln!«

Jules konnte nicht anders als laut aufzulachen.

GRUSS AUS DER VERGANGENHEIT

1

Zwei Tage waren seit den tragischen Ereignissen in Clotildes *Auberge* inzwischen verstrichen. Fünf Tage blieben noch bis zum Vierten Advent, und das Weihnachtsfest stand vor der Tür. Aber von Entspannung keine Rede! Denn schon wieder hatte sich etwas ereignet, das sehr nach einem Verbrechen aussah.

Jules lief wie ferngesteuert durch die Straßen. Seine Umgebung nahm er nicht bewusst wahr, beachtete die Holzbuden des Weihnachtsmarktes nicht. Er wurde angerempelt, von Ellenbogen gestoßen, man trat ihm auf die Füße. Doch das war ihm gerade alles egal. Jules kämpfte sich durch die Altstadt, die jetzt, am frühen Abend, brechend voll war mit Touristen, aber auch Einheimischen, die nach einem Einkaufsbummel auf einen Glühwein ins Lichtermeer der Weihnachtsstadt eintauchten. Das war es auch, was Jules dringend brauchte: einen Glühwein, am besten einen mit Schuss.

Ein Geruchswirrwarr aus Bratwurstdunst und dem heißen Fett von Schmalzgebäck umfing ihn. Aus einer Holzbude, die heiße Maroni und Honigkuchen verkaufte, strömte intensiver Wohlgeruch. Doch das, was er sonst angenehm fand und genoss, interessierte Jules heute nicht: Er strebte ohne Umwege den nächstgelegenen Glühweinstand an.

Wie nicht anders zu erwarten, fand er sein Ziel dicht umlagert vor. Die Gleichgültigkeit gegenüber seiner Umgebung schlug in Gereiztheit um: *Merde*, fluchte er im Stillen, warum müssen mir all diese Leute im Weg stehen? Er empfand die Menschen um ihn herum als lästig. Niemand würde seine Notlage erkennen und ihn vorlassen. Jeder achtete nur auf sich selbst. Wie viele Leute mochten heute bloß hier sein? Er würde ewig warten müssen, bis er an seinen Punsch kam!

»*Salut*! Jules? Bist du das?«

Eine vertraute Stimme erklang ganz in seiner Nähe. Er drehte sich um und sah in das rotwangige Gesicht von Lino Pignieres.

»Herrje!«, rief der ehemalige *flic*, ein Amtsvorgänger von Jules. »Du siehst fürchterlich aus! Das muss ja eine riesige Laus gewesen sein, die dir über die Leber gelaufen ist. Hat es mit dieser unschönen Geschichte in Clotildes *Auberge* zu tun? Oder jagst du schon wieder dem nächsten Mörder hinterher? Und das so kurz vorm Fest. Kein Wunder, dass du so geschlaucht bist. Obwohl: Hast du nicht eigentlich Urlaub?«

Bei dieser besorgten Anrede wich Jules' rastlose Energie plötzlich einer tiefen Erschöpfung: Von Gefühlen übermannt, warf er sich dem alten Gendarm an die Brust und drückte sich fest an ihn. »Ich bin erledigt«, keuchte er. »Fix und fertig. Ich brauche dringend was zu trinken!«

»Darauf kannst du hier lange warten«, sagte Lino und kratzte sich an den Bartstoppeln. »Ist doch klar, dass um diese Uhrzeit die Hölle los ist, um es mal salopp zu sagen.« Er fasste Jules am Ärmel. »Komm mit mir, ich kenne da einen etwas versteckten Stand, gleich um die Ecke. Geheimtipp für die Einheimischen. Der schenkt zwar nur Bier aus und keinen Glühwein, aber dafür ein besonders süffiges. Du trinkst und sprichst dich bei mir aus.«

»Wolltest du denn nicht gerade wohin? Hast du überhaupt Zeit?«

»Für einen Kollegen und lieben Freund in Not? Immer!«

Mit den Ellenbogen voraus bahnte ihnen der alte Gendarm eine Schneise durch die Menschenmenge. Bald erreichten sie eine Seitengasse und kurz darauf den Stand, an dem sich tatsächlich nur ein halbes Dutzend Menschen zum Feierabendbier eingefunden hatten. Lino sorgte dafür, dass auch sie nicht auf dem Trockenen sitzen blieben. Dann erkundigte er sich mit seiner tiefen Brummstimme: »Was ist denn passiert?«

»Ach«, ereiferte sich Jules, nachdem er einen großen Schluck genommen hatte, »es ist einfach fürchterlich! Jemand will mich fertigmachen, und zwar auf die übelste Art. So schlimm, wie du es dir nicht vorstellen kannst.«

Lino zupfte eine einzelne Tannennadel aus dem schlichten Adventskranz, der zwischen ihnen auf dem Tisch lag. »Es ärgert dich jemand? Wer und weshalb?«

»Keine Ahnung!«, rief Jules. Wieder setzte er das Bierglas an und leerte es zur Hälfte.

Lino neigte den Kopf: »So dünnhäutig kenne ich dich ja gar nicht. Als Polizist muss man auch mal einstecken können.«

»Mag sein, aber alles hat seine Grenzen«, gab Jules bärbeißig von sich.

»Also gut: Wenn ich dir Trost spenden soll, brauche ich schon ein bisschen mehr Information«, sagte der Ex-Gendarm noch immer ruhig und besonnen.

»Aber ich weiß es doch nicht!« Jules rollte mit den Augen. »Gestern hat es angefangen. Ganz plötzlich, ohne jede Vorwarnung. Seitdem komme ich nicht mehr zur Ruhe.«

»Gestern?«

»Ja, ja«, sagte Jules hektisch. »Ich habe einen Brief bekommen. Dachte mir erst nichts dabei. Vielleicht Weihnachtspost von Freunden aus Royan. Obwohl er keinen Absender trug. Das hätte mich ja schon stutzig machen müssen.«

»Hat es offensichtlich aber nicht. Und weiter? Hast du ihn geöffnet?«

»Ja klar. War doch neugierig, wer mir schreibt. Dass man von E-Mails überschwemmt wird, ist mittlerweile eine Selbstverständlichkeit. Auch *WhatsApp*-Nachrichten sind ja völlig normal. Aber ein Brief – noch dazu von Hand geschrieben – hat Seltenheitswert.«

»Was stand denn drin? Und wer hat sich diese Mühe gemacht?«

»Wer sich die Mühe gegeben hat? Gute Frage! Ich habe keinen blassen Schimmer. Ich konnte die Schrift nicht erkennen. Kann von jedem x-Beliebigen kommen. Andererseits aber auch nicht, denn der Schreiberling muss mich ziemlich gut kennen – zumindest meine Schwächen.« Jules blickte seinen Freund gequält an. »Der Brief war ein einziger Vorwurf gegen mich. Eine wüste Beschimpfung.«

»Ein Hassbrief also«, folgerte Lino mit seiner sonoren Stimme, wirkte nun aber selbst etwas angespannt. »Wer schreibt dir so etwas?«

»Hörst du nicht zu? Ich habe doch gesagt, dass ich es nicht weiß.« Jules schnaubte. »Ist auch besser so. Sonst würde ich diesem Kerl ordentlich die Meinung sagen!«

Lino legte seine Hand auf Jules' unruhig trommelnde Finger. »Weißt du denn überhaupt, dass es sich bei dem Absender um einen Mann handelt? Sagtest du nicht, der Brief sei handschriftlich verfasst worden? Daran könntest du vielleicht schon erkennen, ob der Verfasser jung oder alt, männlich oder weiblich, gebildet oder weniger gebildet ist.«

»Wie das?«

»Ein Beispiel: Männer tendieren generell eher zum Kritzeln und Schmieren, während sich viele Frauen eine schöne Schrift bewahren.«

»Dann kennst du Joannas Klaue nicht«, hielt Jules dagegen. »Und ich kann dir auf Anhieb noch mindestens fünf andere Frauen nennen, die eine miese Handschrift haben.«

»Wie dem auch sei.« Lino versuchte es mit einem aufmunternden Lächeln. »Lass das nicht so nah an dich heran, was in dem Brief steht. Betrachte es als einmalige Boshaftigkeit eines Menschen, der dir aus irgendwelchen Gründen eins auswischen wollte – was ihm ja auch gelungen ist.« Lino stellte sein leeres Glas ab. »Versuch es einfach zu vergessen!«, schlug er vor. »Ich bestell uns noch zwei Bier, wir plaudern über angenehmere Themen, und danach gehst du auf dem schnellsten Wege nach Hause. Joanna wird sicher schon auf dich warten und ist froh, wenn sie euer Baby mal wem anderes in den Arm drücken kann.«

»Einverstanden«, ließ sich Jules überreden.

Als er wenig später über das von Eiskristallen glitzernde Kopfsteinpflaster schritt und in tiefen Zügen die kalte, klare Luft einatmete, hatte er den unliebsamen Brief beinahe vergessen. Lino war es gelungen, ihn aufzumuntern.

Wenigstens vorübergehend.

Erst als er vor dem Haus stand, in dessen oberster Etage Licht brannte und Joanna wahrscheinlich gerade dabei war, das Essen vorzubereiten, kam ihm das kränkende Schreiben wieder in den Sinn. Genau in jenem Moment, als er am Briefkasten im Hausflur vorbeikam und einen Umschlag aus dem Briefschlitz lugen sah. Jules zog das eierschalenfarbene Kuvert heraus, hielt es ins schummrige Licht der Deckenlampe. Sein Name und die Adresse standen in schwarzer Tinte auf dem Umschlag. Ein Absender war nicht vermerkt.

Noch ein anonymer Brief? Konnte das denn möglich sein? Es schien sich um dieselbe ordentliche Handschrift zu handeln wie beim letzten Mal. Nun sah er sich die Briefmarke näher an, versuchte, den Poststempel zu deuten. Doch der war kaum leserlich und enthielt nur ein paar Zahlen, die ihm nichts sagten.

Beherzt riss Jules das Kuvert auf. Er förderte ein eng beschriebenes Blatt Papier zutage, überflog die Zeilen. Wie der erste Brief begann auch dieser mit Vorwürfen und übelsten Beleidigungen. Jules musste sich als »gemeines Schwein« und »hinterhältiger Hund« beschimpfen lassen. Dann aber folgte ein radikaler Schwenk zur Sachlichkeit. Der Absender stellte kurz und präzise dar, dass er es keineswegs bei Briefen dieser Art belassen werde, sondern Jules auch auf anderem Wege schaden wollte.

Jules' Hände zitterten vor Anspannung und Wut so sehr, dass er die folgenden Zeilen kaum lesen konnte. Sein Zittern hatte noch eine weitere Folge: Aus dem Umschlag, den er in der linken Hand hielt, löste sich ein weiterer Bestandteil des Inhalts. Er fiel sanft zu Boden und landete fast lautlos auf den alten gesprungenen Mosaikfliesen des Hausflurs. Als sich Jules danach bückte, schien ihm das Blut in den Adern zu gefrieren. Fassungslos starrte er auf das mit Tesafilm verklebte Büschel in seinen Händen.

»Joanna? Joanna, bist du da?«, schrie Jules, kaum dass er die Wohnung betreten hatte.

»Was ist denn los?« Seine Frau räkelte sich in einem Ledersessel, dessen Rückenlehne weit zurückgefahren war. Ihre nackten Füße ruhten auf einem Hocker ganz nahe am prasselnden Kaminfeuer, auf ihrem Schoß lag ihr *iPhone* samt Kopfhörern. Neben ihr, in einer Wiege, schlummerte die Kleine. »Und: Psssst. Nicht so laut, sonst weckst du sie auf.«

Jules durchmaß den Raum mit wenigen großen Schritten. Grob knipste er eine Leselampe an und breitete den neuen Brief auf Joannas Beinen aus. »Schau dir das an! Ich habe schon wieder einen bekommen!«, sagte er um Fassung ringend.

Joanna setzte sich auf, strich sich ein paar Strähnen aus der Stirn, sah zunächst Jules skeptisch an und dann den Brief. »Ich habe dir doch gesagt, dass du dich da nicht reinsteigern sollst. Ein Kollege von mir, ebenfalls Richter, hat schon weitaus Schlimmeres bekommen. Man muss über solchen Dingen stehen und sich nicht ins Bockshorn jagen lassen, wenn …«

»Dieser Typ droht mir!«, unterbrach Jules sie. »Es geht nicht länger um einen dummen Scherz oder bloße Belästigung. Nein, Joanna, dieser Anonymus meint es ernst!«

Joanna musterte Jules und forschte in seinen Augen. »Du bist ja völlig aufgelöst. Erzähl schon, was drin steht!«

Jules deutete auf den letzten Absatz des Briefes. »Lies selbst. Du wirst es sonst nicht glauben.«

Abermals musterte Joanna ihn. Dann widmete sie sich dem seltsamen Schreiben: »… und da ich Sie kenne, vor allem Ihren starken Hang zum Zweifeln und Hinterfragen, habe ich beschlossen, meinen Worten Nachdruck zu verleihen, indem ich Fakten schaffe. In der langen Zeit, die mir zur Verfügung stand, um über meine Rache an Ihnen nachzusinnen, habe ich diverse Möglichkeiten durchgespielt. Zunächst liebäugelte ich mit materiellen Schäden: Ich wollte Dinge, die Ihnen wichtig sind, zerstören. Doch ich habe mich schnell wieder von diesem Gedanken verabschiedet, denn Sie sind kein sehr materieller Mensch. Also suchte ich nach für Sie schmerzhafteren Alternativen. Nach etwas Lebendigem vielleicht? Ein Haustier? Hund, Katze, Wellensittich? Aber jeder weiß:

Jules Gabin besitzt kein Haustier. Denn das würde ja seine Freiheit beeinträchtigen. Obwohl: Tut das ein Kind nicht auch?« Nun zeigte sich auch Joanna alarmiert. »Er erwähnt unsere Kleine.«

»Weiter!«, beharrte Jules. »Lies weiter!«

Joanna vertiefte sich wieder in das Geschreibsel: »Eine Weile habe ich auch Ihre werte Frau, die Untersuchungsrichterin, in Betracht gezogen. An ihr hätte ich gern meine Wut auf Sie ausgelassen und dann zugesehen, wie Sie um sie trauern.« Joanna schluckte. »Doch dann dachte ich mir, dass man schwer an sie herankommt. Sie hält sich ja meistens in der Nähe von Richtern, Anwälten und Gendarmen auf.« Wieder sah Joanna auf. »Das ist die Höhe! Allmählich verstehe ich, warum du so sauer bist.«

Jules nickte ihr kurz zu und lenkte ihren Blick zurück aufs Papier.

»Ich habe weiter gesucht nach einer Person, die Ihnen nahesteht, aber nicht zu nahe. Eine Person, der gegenüber Sie ein gewisses Verantwortungsgefühl entwickelt haben. Jemand, für den Sie im Fall des Falles einstehen würden. Wer blieb mir dafür übrig?« Joanna wirkte verwirrt.

Nun hielt ihr Jules das mit Tesafilm fixierte Büschel entgegen: eine fingerdicke Haarsträhne, etwa fünf Zentimeter lang.

»Was zum Teufel …?« Joanna stand schneller auf den Beinen, als Jules schauen konnte. Sie flitzte in die Küche und kam mit einem Frischhaltebeutel zurück. Sie hielt ihn auf und wies Jules an: »Lass die Haare da reinfallen. Wahrscheinlich sind überall deine Fingerabdrücke drauf, da müssen nicht noch meine dazukommen.«

Jules tat wie ihm geheißen. Darauf hielt Joanna den Klarsichtbeutel dicht vor die Leselampe und musterte den Inhalt genauestens.

»Bräunlicher Farbton«, stellte sie fest. »Nein, eher schwarz.«

»Ja, schwarz«, redete Jules dazwischen. »Und sie sind leicht gelockt.«

»Du meinst …« Joanna wagte es offenbar nicht, ihre Ahnung auszusprechen.

»Natürlich!«, rief Jules aus. »Wer soll es denn sonst sein? Ich habe niemand anderen in meinem engeren Bekanntenkreis mit dieser Haarfarbe und den Locken. Die Strähne muss von ihr stammen!«

Tiefe Sorgenfalten zeichneten sich auf Joannas Gesicht ab. »Lass uns einen kühlen Kopf bewahren. Gibt es noch andere denkbare Erklärungen?«

»Welche denn? Meine Güte, Joanna, machen wir uns doch nichts vor: Es gibt nicht wirklich eine Alternative.«

»Okay, mir fällt spontan auch niemand anderes ein«, musste Joanna gestehen und fragte: »Hast du schon versucht, sie zu erreichen?«

Mit »sie« war Lilou gemeint, Jules' Ex aus Royan

und Joannas direkte Vorgängerin. Beide kannten sich und konnten sich nicht besonders gut ausstehen. Aber das durfte jetzt keine Rolle spielen. »Du weißt doch, dass wir den Kontakt abgebrochen haben, weil es besser ist für sie und mich und auch für dich. Vor allem, nachdem wir jetzt verheiratet sind und …«

Joanna winkte ab. »Du bist mir keine Erklärungen schuldig, Jules. Sag mir einfach: Hast du sie angerufen?«

»Ja! Schon vom Flur aus. Gleich nachdem ich den Brief aus dem Kasten genommen und gelesen habe. Ich habe es bei ihr auf dem Festnetz und ihrem Smartphone probiert. Fehlanzeige!«

»Und bei ihrer Arbeit? Sie ist Arzthelferin, richtig?«

»Um diese Uhrzeit?«

»Einen Versuch ist es wert«, entschied Joanna und nahm ihr Telefon. »Du kennst sicher auch diese Nummer«, sagte sie ohne jede Spur von Zynismus und ließ sich von Jules die Ziffern nennen.

»*Docteur* Durand? Schön, dass ich Sie noch erreiche. Untersuchungsrichterin Laffargue am Apparat. Ich bin auf der Suche nach Ihrer Mitarbeiterin Lilou Petit. – Im Urlaub, sagen Sie? Wissen Sie, ob sie verreist ist, und wenn ja, wohin? – Nicht? – Ja, Monsieur Durand, es ist wichtig. Falls Sie von ihr hören, benachrichtigen Sie mich bitte unverzüglich. Sehen

Sie meine Nummer auf dem Display? Ja, es wäre wirklich nett, wenn Sie Bescheid sagen, falls sie sich bei Ihnen meldet.« Ratlos legte sie den Hörer beiseite. »Lilou feiert ihren Resturlaub ab. Keiner weiß wo, wie, geschweige denn mit wem. – Hat sie dir nichts von ihren Plänen erzählt?«

»Nein«, meinte Jules niedergeschlagen. »Wie gesagt: Der Kontakt ist seit dem letzten Besuch von ihr hier in Colmar völlig eingeschlafen. Ich höre nur ab und zu von meinem Vater von ihr«, sagte er und dachte, dass Joanna dies eigentlich wissen sollte.

Joanna hielt noch einmal den Beutel mit der Haartolle ins Licht. »Wie auch immer. Solange wir nicht wissen, wo sie steckt, können wir nicht ausschließen, dass dieser Irre sie vielleicht wirklich entführt hat. Wie soll er sonst an ihre Haare gekommen sein? Wenn es denn tatsächlich ihre sind. Aber egal, wem sie am Ende gehören, wir brauchen so schnell wie möglich Gewissheit.«

»Und wie?«

Joanna fand zu ihrer üblichen Entschlossenheit zurück, als sie mit festem Blick verkündete: »Die Gendarmerie in Royan soll versuchen, Lilou aufzustöbern. Sie sollen in ihrer Wohnung nachsehen, die Verwandtschaft abklappern und ihren Rechner checken, ob sie eine Reise gebucht hat. Ich setze mich mit einem Kollegen oder einer Kollegin in Royan in Verbindung und bitte sie, das anzuordnen, und du lässt am besten auch gleich deine alten Kontakte spielen. Parallel dazu geben wir den Beutelinhalt zur Analyse. Wir brauchen das DNA-Profil dieser Haare!«

2

Der nächste Tag brachte einen Wetterumschwung von der bitterkalten Hochdrucklage zum niederschlagsreichen Tief und überzog die Stadt mit einer frischen Zuckergussschicht aus Schnee. Doch das berührte Jules kaum und konnte seine innere Anspannung nicht lösen. Nachts hatte er nur wenig geschlafen, und selbst ein starker Kaffee konnte ihn nicht aufmuntern.

»Wieder einer!«, rief Joanna, als sie aus dem Treppenhaus kommend einen weiteren Brief vorsichtig an einer Ecke in die Höhe hielt. »Wir nehmen ihn mit in die Gendarmerie und lassen ihn dort öffnen.«

»Dann brauchen wir aber einen Babysitter«, wandte Jules ein.

Das sei kein Problem, meinte Joanna, ihre Mutter übernehme das gern wieder und wohne ja ohnehin auf dem halben Weg zur Gendarmerie. »Aber bevor wir gehen: Hast du nicht noch ein paar Dinge von ihr? Gegenstände, die Lilou gehörten und ihre DNA tragen? Eine Zahnbürste zum Beispiel?«

»Keine Zahnbürste«, antwortete Jules. »Aber ich glaube, irgendwo müsste noch eine Haarbürste sein, die ich ihr zurückgeben wollte, es dann aber vergessen habe.«

»Umso besser!«

Adjutant Lautner saß unruhig auf seinem Schreibtischstuhl in einem völlig überheizten Büro. Zwei Weihnachtssterne auf der Fensterbank ließen schlaff die roten Blätter hängen. Sobald Joanna und Jules eintraten, sprang der schlaksige Mittvierziger auf und nahm Haltung an, als wollte er salutieren. Wie üblich trug Lautner eine schlecht sitzende Uniform und hatte sein fettiges Haar schon zu lange nicht gewaschen.

»Ich dachte; Sie hätten bis Weihnachten frei?«, drückte der Adjutant seine Überraschung aus.

»Wir haben hier einen Brief, möglicherweise ein Beweismittel in einem Entführungsfall«, übersprang Joanna die Begrüßungsfloskeln, lieferte eine Erklärung in Kurzform und legte das Kuvert auf den Schreibtisch.

»Entführung?«, fragte Lautner und klang alarmiert.

»Ganz genau«, antwortete Joanna ungeduldig und machte klar, dass sie bereits im Polizeilabor waren, um Proben zur Analyse abzugeben. »Aber jetzt müssen wir wissen, was es mit diesem Schreiben auf sich hat.«

Lautner holte ein Paar Latexhandschuhe aus der Schublade, nahm eine Schere und öffnete das Kuvert vorsichtig am Falz. Dann griff er nach einer Pinzette, um damit das sorgsam gefaltete Blatt Papier herauszuziehen. »Soll ich vorlesen?«, fragte er in die Runde, nachdem er die Seite auseinandergefaltet hatte.

»Nein«, entschied Joanna. »Jules soll die Gelegenheit bekommen, den Inhalt als Erster zu lesen, denn an ihn ist der Brief gerichtet.«

Jules, dem nun ebenfalls ein Paar Handschuhe gereicht wurde, nahm die zweifelhafte Ehre an und sog die in akkurater Handschrift verfassten Zeilen auf, die wiederum nichts anderes beinhalteten als eine Kette von Hasstiraden. Er fragte sich abermals, wer so viel Zeit und Energie investierte, um sich diese Fülle an Boshaftigkeiten über seine Person auszudenken. Dann stieß er auf eine Passage, die ihn zusammenzucken ließ.

»Etwas Wichtiges entdeckt?«, fragte Joanna behutsam.

Jules nickte geistesabwesend. »Ja, ja, allerdings. Der Verfasser setzt ein Ultimatum.«

»Ein Ultimatum?«, fragten Joanna und Lautner wie aus einem Mund.

»Ja, er schreibt, dass er seiner Geisel etwas antun wird. Er will sie verletzen. Am Anfang nicht schwer, aber nach Heiligabend …«

Jules wurde mit einem Mal schwindelig. Lautner merkte das und schob ihm einen Stuhl unter, auf den sich Jules fallen ließ. Seine Gedanken verschwammen. Es fiel ihm schwer, sich auf das Hier und Jetzt zu konzentrieren. Stattdessen rief die Erwähnung des Heiligen Abends diverse Assoziationen in ihm wach.

Er dachte an seine Kindheit zurück. Und an die jährlich gleichen Traditionen: Erst am frühen Abend des 24. begannen in der Familie die Vorbereitungen für das weihnachtliche Zeremoniell. Alles drehte sich dabei um das *Réveillon*, das Weihnachtsmenü, das den glanzvollen Höhepunkt des Heiligabends bildete. Eine mehrstündige Schlemmerei mit allem, was Frankreich zu bieten hatte, von Austern, Lachs, Foie gras bis zum Höhepunkt: einer Pute mit Maronen-Farce oder eine Ente à l'Orange. Auf die Weihnachtstafel gehörte außerdem die *Bûche de Noël*, eine Biskuitrolle mit Schokoladenbuttercreme in der Form eines Holzscheits. Anschließend gingen alle in die *messe de minuit*, die Mitternachtsmesse.

Jules kannte es noch so, dass die Bescherung am Morgen des 25. Dezember stattfand, nachdem *Père Noël* durch den Kamin gekommen und die Geschenke unter den Weihnachtsbaum gelegt oder in Socken und Stiefel gesteckt hatte. Doch hier im Elsass war es keine Seltenheit, dass Geschenke schon am 24. ausgetauscht wurden.

»Was ist nach Heiligabend?«, bohrte Joanna und holte Jules aus seiner Gedankenflucht zurück.

Jules war aschfahl, als er sagte: »Er wird sie töten.«

»Was?« Joanna zog Jules' Arm zu sich heran, um den betreffenden Absatz selbst zu lesen.

»Wenn der Geiselnehmer ein Ultimatum stellt, dann doch sicherlich auch Forderungen«, mischte sich Lautner ein. »Hat er dazu etwas geschrieben? Will er Geld?«

»Eben nicht«, sagte Jules und klang verzagt. »Es ist ein Ultimatum ohne Bedingungen. Er möchte einfach nur, dass ich leide – und am Schluss bringt er sie um.«

Lautner stand jetzt Schulter an Schulter mit Joanna und las ebenfalls in dem Brief. »Das ist völlig unlogisch«, raunte er ihr zu. »Es entspricht in keiner Weise den üblichen Verhaltensmustern von Kidnappern und Erpressern.«

Joanna ignorierte das, hob den Blick und sah Jules aus sorgenvollen Augen an: »Meine Güte, Jules, wem hast du bloß so geschadet? Der Schreiber dieser Zeilen muss sich zutiefst gedemütigt fühlen. Anders kann ich mir sein Verhalten nicht erklären.« Sie legte ihren Finger auf die Briefmarke, die korrekt im rechten Winkel auf den Umschlag geklebt worden war. »Lassen Sie die Speichelreste auf der Rückseite der Marke untersuchen«, forderte sie den Adjutanten auf.

»Apropos«, meldete sich eine Frau in Zivil und mit wilder Dauerwellenfrisur zu Wort und klopfte im Hereinkommen an den Türrahmen. »Die Ergebnisse der Genanalyse von den Haaren liegen schon vor.«

Drei Augenpaare starrten sie erwartungsvoll an. »Gibt es Übereinstimmungen?«, platzte es aus Jules heraus, der nicht mit einem so schnellen Ergebnis gerechnet hatte.

Die Frau schlug eine Mappe auf, die sie mitgebracht hatte. »Glücklicherweise konnten wir dank der Haarbürste, die Sie uns überließen, sehr schnell Vergleichsproben von Madame Petit extrahieren. Das hat es uns leichter gemacht.«

»Und?«, fragte Joanna drängend. »Sind es Lilous Haare? Ja oder nein?«

Die Frau aus dem Labor sagte: »Ja. Die Übereinstimmung bei den verglichenen Chromosomen liegt bei 99 Prozent.«

3

Immer und immer wieder gingen Joanna und Jules die Liste der infrage kommenden Personen durch, die hinter der Bedrohung stecken könnten. Inzwischen waren sie wieder in ihrer Wohnung, die Kleine durfte noch bei der Oma bleiben. Die beiden kamen ja super miteinander aus.

Auf die Liste schafften es diejenigen, die Jules in den vergangenen Jahren hinter Gitter gebracht hatte und die ihm das besonders verübelt hatten. Da kamen so einige zusammen. Aber sie alle saßen noch ihre meist langjährigen Strafen ab, konnten Lilou daher nicht entführt haben. Es sei denn, der Täter zog vom Gefängnis aus die Fäden und ließ andere für ihn die Schmutzarbeit verrichten …

Bei all den Fragen, die Jules jetzt umtrieben, wäre die wichtigste fast zu kurz gekommen: die nach dem Schicksal von Lilou. Wie ging es ihr jetzt? Was machte sie durch? Musste sie leiden? Oder war sie am Ende schon gar nicht mehr am Leben?

Das Telefon klingelte. Zunächst blieben beide wie versteinert vor ihrer Liste sitzen. Dann rannte Jules in den Flur. Er presste den Hörer ans Ohr: »Gibt es etwas Neues?«

Die Stimme am anderen Ende ließ sich keine Überraschung darüber anmerken, dass Jules hellseherisch die Anruferin erraten hatte: »Ja, uns liegt das zweite Analyseergebnis vor. Das von der Briefmarke.«

Jules stockte der Atem. »Und?«, fragte er. »Haben wir es mit einem Mann oder einer Frau zu tun? Und wissen wir, wer es ist?«

»Mit einem Mann«, klang es durch den Hörer. »Der genetische Fingerabdruck und die Identität sind bereits aktenkundig.«

»Ach ja? Um wen handelt es sich?«

»Sein Name ist Robert Moreau.«

Jules hielt den Hörer auf Abstand, starrte ihn an wie ein fremdes Wesen. Was hatte die Kollegin aus dem Labor gesagt? Die DNA sollte von Robert Moreau stammen? Ausgerechnet Moreau?

Wie lange hatte er nicht mehr an ihn gedacht? Seit wann hatte er diese unschöne Begegnung aus seiner Gedankenwelt verbannt? Augenblicklich jagten Bilder durch seinen Kopf. Bilder von Robert Moreau: diesem selbstgefälligen Elsässer Winzer, der sich als uneingeschränkter Herrscher über seine Weingüter aufspielte, aber eben auch über die Menschen, die damit zu tun hatten. Er tolerierte weder Widerworte noch Kritik. Und eine junge Frau, die sich ihm entgegenstellte, hatte ihren Mut mit dem Leben bezahlen müssen.

Für Jules war es sein erster Fall im Elsass gewesen. Die Causa hatte unter dem Titel »Elsässer Erbschaften« für Schlagzeilen gesorgt. Fast zehn Jahre lag das nun zurück, und Moreau sollte eigentlich weiter seine Strafe absitzen, statt fiese Briefe zu schreiben.

»Wer ist der Briefeschreiber?«, fragte Joanna, die plötzlich dicht hinter ihm stand und mit der Hand über seinen Nacken strich.

Ihre Geste mochte lieb gemeint sein, doch Jules bekam eine Gänsehaut. Mit matter Stimme antwortete er: »Robert Moreau – der Mann, bei dessen Festnahme wir uns kennengelernt haben. Ein ganz übler Geselle.«

4

In der Gendarmerie war zu dieser frühen Stunde des neuen Tages wenig los.

»Was haben wir?«, stieg Joanna ohne Umschweife ein, kaum dass sie in Jules' Büro Platz genommen hatten. Vor sich einen Automatenkaffee, gegenüber saß Adjutant Lautner, der Jules in der Urlaubszeit offiziell vertrat.

»Alles«, sagte Lautner und wirkte zufrieden, wenn auch erschöpft. Wahrscheinlich hatte er die Nacht durchgearbeitet. »Den Namen des mutmaßlichen Entführers, sein Motiv – nämlich dass er von Major Gabin überführt wurde – und den zu erwartenden Aufenthaltsort. Über letzteren werden wir sehr bald Gewissheit erlangen, wenn die Kollegen die Briefe anhand des Poststempels zu ihrem Abgabeort zurückverfolgt haben.«

»Klingt nach einem Plan«, urteilte Joanna knapp, »allerdings gehe ich davon aus, dass Moreau die Briefe an verschiedenen Stellen eingeworfen hat. Alles andere wäre ja dumm. Aber zumindest eine grobe Eingrenzung könnte möglich sein.«

»Aber was ist mit Robert Moreau?«, fragte Jules.

»Er sitzt doch in Strasbourg seine Haftstrafe ab, oder?«

Lautner nickte dienstbeflissen. »Dachten wir auch. Aber von der Vollzugsanstalt haben wir erfahren, dass er getürmt ist. Und zwar schon vor gut einem Monat.«

»Und das haben Sie erst heute herausbekommen?«, fuhr Jules auf. »Warum, zum Teufel, so spät?«

Lautner erklärte mit hängenden Schultern: »Wir sind doch nicht die zuständige Dienststelle dafür, Major.«

Allmählich bekam Joanna Farbe in die Wangen. »Das darf nicht wahr sein! Da läuft ein Mörder frei herum, und die Gendarmerie fühlt sich nicht zuständig?«

Lautner veränderte die Tonlage so, dass es wie ein Winseln klang: »*Monsieur* Moreau war doch bereits gefasst und verurteilt worden. Wie Sie wissen, *Madame la juge*, endete damit unser Einsatz. Für die Suche nach einem entflohenen Strafgefangenen sind wir gar nicht legitimiert, denn das ist Sache der Kollegen von der *Police Nationale* …«

Joanna sprang auf und verschüttete dabei ihren Kaffee. »*Mon Dieu*! Ich will das alles nicht hören! Wir können es uns nicht leisten, unsere Zeit mit Zuständigkeitsgerangel zu vertrödeln.« Sie blickte auf die Datumsanzeige ihrer Armbanduhr. »Am 19. Dezember ist dieser Spuk losgegangen, an diesem Tag wurde Lilou wahrscheinlich gekidnappt. Heute haben wir den 22. Dezember. Vier Tage sind nutzlos verstrichen, obwohl wir vom ersten Tag an hätten wissen können, wer unser Gegner ist.« Sie schnaubte vor Wut.

»Aber Gewissheit haben wir doch erst seit dem Gentest«, verteidigte sich der Adjutant. »Wer hätte denn ahnen können …«

»Sie hätten es eben ahnen *müssen*!«, wetterte Joanna. »Ich möchte unter keinen Umständen erleben, dass uns so ein Lapsus ein zweites Mal passiert.« Sie baute sich vor dem hageren, aber deutlich größeren Lautner auf. »Haben wir uns verstanden? Keine weiteren Verzögerungen!«

Lautner machte Anstalten, sich abermals zu rechtfertigen und Joanna auf die regulären Dienstvorschriften hinzuweisen, doch sie zeigte sich unerbittlich. Was Jules ihr hoch anrechnete – denn wie er sehr genau wusste, konnte sie seine Ex ja eigentlich nicht besonders gut leiden. Umso bewundernswerter, dass sie sich mit so viel Engagement für deren Rettung einsetzte.

Die Anspannung in dem kleinen Büro wurde erst durch das Klingeln des Telefons gelöst. Lautner nahm ab, hörte mit gefurchter Stirn zu und verkündete nun wieder mit fester Stimme: »Die Kollegen haben den nächsten Brief in der Postverteilungsstelle in Strasbourg abgefangen. Sie faxen ihn rüber.«

Sofort wechselten Joanna, Jules und Lautner die Position und bildeten einen Halbkreis um ein aschgraues, ziemlich veraltet wirkendes Faxgerät. Das gab vorerst keinen Mucks von sich.

»Eigentlich arbeiten wir inzwischen ja mit E-Mails«, überspielte Lautner die Zeit des Wartens.

Ehe Joanna einen – zweifellos spitzen – Kommentar abgeben konnte, erwachte das Gerät mit einem hochtönigen Pfeifen zum Leben. Gleich darauf setzten sich quietschend unsichtbare Walzen im Inneren in Bewegung.

Man überließ es Jules, das Fax aus dem Apparat zu nehmen und vorzulesen. Er räusperte sich, dann setzte er an: »Mein lieber Monsieur Gabin, was machen Ihre Nerven? Ich wette, sie sind zum Reißen gespannt. Gern stelle ich mir vor, wie sie entzweispringen, ein Nervenstrang nach dem anderen.«

Jules musste das Blatt ablegen, denn es fiel ihm schwer, diese Kette an Beleidigungen vorzutragen. Als wären all die schlimmen Kränkungen und Verunglimpfungen nicht schon genug gewesen, setzte der Verfasser noch eins drauf. Als Jules die letzte Zeile des Briefes vorlas, bekam er eine Gänsehaut: »P.S.: Morgen gibt es einen kleinen Vorgeschmack auf Weihnachten. Freuen Sie sich auf eine Überraschung der besonderen Art.« Jules war weiß wie das Papier, das er in den Händen hielt.

Während sich Lautner etwas betreten umsah und nicht zu wissen schien, was er als Nächstes unternehmen sollte, ergriff Joanna erneut die Initiative: »Haben Ihre Kollegen im Postzentrum feststellen können, wo der Brief aufgegeben wurde?«

»Ja«, sagte Lautner. »Er wurde in einen Briefkasten eines Außenbezirkes von Besançon eingeworfen.«

»Das ist nicht sehr weit. Er hält sich also in der Nähe auf. Versuchen Sie, ihn weiter einzukreisen.«

»Wird erledigt.«

»Und bleiben Sie bei der Post am Ball. Diese ›Überraschung‹, die Monsieur Moreau für morgen angekündigt hat, müssen wir so schnell wie möglich in die Finger bekommen. Ich habe da ein ganz ungutes Gefühl.«

»*Bien sûr*!«

»Und daran, dass Sie auch bei der Suche nach Lilou am Ball bleiben, muss ich Sie hoffentlich nicht erinnern. Finden Sie heraus, wo sie zuletzt gesehen wurde, ob sie mit jemandem über ihre Pläne gesprochen hat. Eventuell gibt es ja doch eine andere Erklärung für ihr Verschwinden als eine Entführung.«

Lautner nickte, wirkte aber wenig überzeugt.

Joanna ging zur Tür. Jules folgte ihr. »Was hast du vor?«, fragte er.

»Hunger.«

Jules ließ sich von Joanna dazu überreden, in Clotildes *Auberge* einzukehren und wenigstens eine Kleinigkeit zu essen.

»Was kann ich euch Gutes tun?«, erkundigte sich ihre Gastgeberin, kaum dass sie sich in der *winstub* niedergelassen hatten. Die sonst so umtriebige und agile Wirtin nahm sich heute sehr zurück, da sie inzwischen natürlich längst von Jules' Nöten wusste und die beiden nicht mit Fragen traktieren wollte, obwohl sie sicherlich viele auf Lager hatte.

Sie blieb einen Schritt vom Tisch entfernt stehen und beugte sich nur leicht mit dem Kopf vor. »Sehr empfehlen kann ich euch den rosa gebratenen Rehrücken mit Apfelspalten und Wacholderbeeren, dazu Dinkelspätzle.«

Joanna nickte, doch Jules winkte ab. »So früh am Mittag für mich bitte nur 'nen Happen, egal was.«

Clotilde rümpfte die Nase, denn selbst wenn Jules eine schwere Phase durchmachte, mochte sie sich nicht mit einem so banal vorgebrachten Essenswunsch abwimmeln lassen. Also schlug sie vor: »Ich kann Ihnen glasierte Kastanien mit Rosenkohlröschen und Schupfnudeln an einer leichten Soße bringen. Oder was halten Sie vom hausgemachten Wildschweinschinken? Sehr zart.«

»Den Schinken«, sagte Jules kurz entschlossen. »Und ein großes Bier.«

»Für mich ein kleines Glas Silvaner«, fügte Joanna hinzu.

Kaum hatte die Wirtin sie alleingelassen, schob Joanna die Tischdeko beiseite und leerte den Inhalt ihrer schweinsledernen Tasche aus. »Aus dem Archiv«, sagte sie nur, doch Jules wusste sofort, worum es sich handelte: Roberts Akte!

»Es war ein Mammutprozess seinerzeit, von dem haufenweise Papierkram existiert. Ich habe bloß die meiner Meinung nach wichtigsten Unterlagen mitgenommen. Hauptsächlich Wortprotokolle von Moreau. Quintessenz: Wärst du bei deinen Ermittlungen nicht so beharrlich gewesen, wäre er wahrscheinlich ungestraft davongekommen und noch immer der gefeierte König der Weinbauern. Du hast ihn also quasi vom Thron gestoßen, um es aus seiner Perspektive zu betrachten.«

5

»Was? Wer? Warum?« Jules schreckte aus dem Schlaf auf. Aufrecht saß er im Bett, sein Schlafanzug nass vom Schweiß.

»Das Telefon«, versuchte ihn Joanna zu beruhigen.

Doch das war keine Beruhigung. Im Gegenteil! Jules sprang auf, hetzte zur Ladestation, riss den Hörer hoch. »Ja«, rief er in den Apparat. Das wiederholte er zweimal und legte dann auf.

»Was ist los?«, fragte Joanna schlaftrunken. Im seidenen Nachthemd kniete sie auf dem zerwühlten Laken des Bettes, das Haar zerzaust. »Wie spät ist es überhaupt?«

»Kurz nach 5 Uhr. Sie haben den nächsten Brief abgefangen. Oder vielmehr das Päckchen.«

»Ein Päckchen diesmal?«

»Damit war zu rechnen. Oder?«

»Du hast wohl recht, ja, das angekündigte vorzeitige Weihnachtsgeschenk«, sagte Joanna und schlug die Augen nieder.

»Es ist unerträglich, täglich nur auf eine weitere Botschaft warten zu müssen und gleichzeitig zur Untätigkeit verdammt zu sein. Das ist so was von zermürbend.« Jules raufte sich die Haare. »Können wir denn gar nichts anderes tun, um diesen Mistkerl zu schnappen?«

»Du weißt es doch selbst am besten, dass deine Kolleginnen und Kollegen alles erdenklich Mögliche tun. Aber solange es keine Hinweise auf den genauen Aufenthaltsort gibt oder er nicht in eine Polizeikontrolle gerät, bleibt es ein schwieriges Unterfangen«, erklärte Joanna einfühlsam. »Was passiert jetzt mit dem Päckchen?«

»Sie bringen es direkt in die Gendarmerie nach Colmar. Ein Sprengstoffexperte hat es schon abgecheckt.«

»Du meinst … das kann doch nicht sein.«

»Sie wollten kein Risiko eingehen, sagen sie. In einer halben Stunde können wir kommen und zusehen, wie sie es öffnen.« Nach einem Blick aufs Babyfon fragte Jules: »Meinst du, wir können *grand-mère* noch einmal einspannen?«

»Aber natürlich, Jules«, lächelte Joanna sanft.

Das Expertenteam hatte sich vergrößert. Lautner, der die Verantwortung tunlichst auf mehrere Schultern verteilen wollte, zog mehr und mehr Kollegen aus anderen Abteilungen hinzu und hielt sich für Jules' Gefühl auffallend im Hintergrund, als der großformatige, offenbar wattierte Umschlag in der Mitte eines steril weißen Tisches im Polizeilabor platziert wurde.

Ein Kollege mit grau meliertem Haar, den Jules bisher nicht kannte, nahm seine übergroße Schutzbrille ab und winkte die Umstehenden näher. »Ich kann Entwarnung geben: Von dem Objekt geht keine Gefahr aus. Wir können auch Chemikalien oder Sporen ausschließen.«

Trotzdem machte niemand der Anwesenden Anstalten, den Umschlag anzufassen und seinen Inhalt ans Licht zu bringen. Schließlich war es Joanna, die den Bann brach, entschlossen einen Schritt nach vorn machte und nach dem Kuvert griff. Sie hätte es ganz sicher aufgehoben und über dem Tisch ausgeleert. Doch Jules kam ihr zuvor, indem er seine Hände auf ihre legte und sie sanft beiseiteschob.

»Ich denke, das ist mein Job«, sagte er mit belegter Stimme und öffnete den Falz des gefütterten Umschlags. »Ich bin es, an den der Brief adressiert ist, also sollte ich es keinem anderen zumuten, mir die Last abzunehmen und …«

Weiter kam er nicht. Denn noch während er redete, hielt er das Kuvert schräg über die Tischplatte, sodass der Inhalt fast von selbst aus dem Umschlag rutschte. Mit einem gedämpften »Plopp« kam ein kleiner walzenförmiger Gegenstand auf der Tischplatte auf, gleich darauf folgte ein eng beschriebenes Blatt Papier, das sanft zu Boden segelte.

Jules beachtete den Brief nicht, sondern starrte den Gegenstand an: Das Ding war vielleicht fünf oder sechs Zentimeter lang, eng umwickelt mit weißem Verbandsstoff. An einem Ende wies der Verband eine bräunliche Verfärbung auf. Entsetzt wandte Jules den Blick ab und fragte den Mann im Kittel: »Wenn Sie das Kuvert untersucht haben, wie Sie sagten, dann haben Sie es sicher auch geröntgt?«

Statt eine Antwort zu geben, nickte der Mann nur.

»Also wussten Sie, was da drin eingewickelt ist?«, fragte Jules eine Spur zu aggressiv. »Sie hätten mich vorwarnen können.«

Joanna stellte sich dicht an seine Seite. »Bitte erspare es dir, es auszuwickeln. Das sollen die Leute von der Forensik übernehmen«, sagte sie sanft.

Es stand für Jules außer Frage, dass es sich um einen Finger von Lilou handelte. Er verzichtete darauf, den Brief zu lesen. Wenigstens vorerst, denn er würde bloß wieder diverse Bosheiten enthalten. Jules wandte sich von dem Tisch ab und fragte: »Was habt ihr über Lilous Reisepläne herausbekommen? Gibt es neue Erkenntnisse?«

»Die Gendarmerie in Royan hat inzwischen ihre Verwandtschaft befragt, den Freundeskreis und natürlich die Kollegen«, erklärte Lautner mit belegter Stimme. »Niemand weiß, wann und wohin sie verreisen wollte. Am nächstgelegenen Flughafen, dem in Bordeaux, steht sie auf keiner der Passagierlisten, von einem TGV-Ticket ist nichts bekannt, und auf einem Kreuzfahrtschiff hat sie offenbar auch nicht eingecheckt.«

»Aber vielleicht ist sie spontan mit dem Auto aufgebrochen, ohne jemandem davon zu erzählen.«

»Ihr Wagen steht zwei Blocks von ihrer Wohnung entfernt. Die Kollegen dort haben ihn abschleppen und untersuchen lassen.«

»Ja, aber dann hat sie womöglich …«

Joanna sah Jules an. »Mach dir doch nichts vor, Jules. Wie erklärst du dir, dass jede Spur von ihr fehlt, sie nicht ans Handy geht, auf keine Mail und keine *Facebook*-Nachricht reagiert? Dazu die Haare und der Finger? Wir müssen der Tatsache ins Auge blicken, dass Lilou wirklich entführt wurde. Eine andere Option sehe ich nicht. Leider.«

»Der Finger …«, griff Jules ihre Worte auf und kam ins Grübeln. »Eine Gliedmaße abzutrennen, ist kein unerheblicher Eingriff. Wenn man so etwas nicht professionell macht, kann sich das entzünden. Wundbrand, eine Infektion oder was weiß ich. Lilou könnte auch verbluten, wenn die Wunde nicht richtig versorgt wird.«

»Worauf willst du hinaus, Jules?«, fragte Joanna.

»Robert wird es nicht zulassen, dass Lilou verblutet oder sich eine tödliche Infektion einfängt. Denn sonst würde er sein einziges Druckmittel gegen mich verlieren. Also braucht er eine gewisse Kenntnis und …«

»Die Apotheken!«, begriff Joanna. »Wenn Robert Lilou verstümmelt und gleichzeitig am Leben halten will, muss er sie medizinisch versorgen.«

»Und dafür braucht er Verbandszeug und Medikamente«, setzte Jules den Gedanken fort. »Wenn er sich nicht alles schon vorher besorgt hat, muss er Nachschub auftreiben.«

»Wahrscheinlich in einer Apotheke, die in der Nähe seines Unterschlupfs liegt.« Joanna wandte sich Adjutant Lautner zu: »Sie kümmern sich darum. Lassen Sie die Apotheken im Raum Besançon überprüfen, die Kollegen dort sollen ein Fahndungsfoto des Gesuchten mitnehmen und es herumzeigen.«

»Aber ich habe seit gefühlten 100 Stunden nicht mehr geschlafen«, hob er zu einem Protest an, woraufhin Joanna ihn streng ansah. »In Ordnung, ich kümmere mich …«, knickte er ein.

6

»Du musst jeden seiner Schritte nachvollziehen, um ihn zu fassen zu kriegen. Du musst alles hinterfragen, darfst kein Detail auslassen. – Wie ist er zum Beispiel aus dem Knast ausgebrochen?«, fragte Lino Pignieres. Er hatte Jules vor der Gendarmerie abgefangen. Ein Zufall oder ob es der alte *flic* darauf abgezielt hatte, blieb offen.

Jules, der gerade nicht viel Lust auf eine Unterhaltung mit Lino hatte, sagte ausweichend: »Er hat irgendein Entsorgungsfahrzeug gekapert. Wie es dann weiterging, weiß ich nicht genau, aber es spielt ja auch keine Rolle. Wir müssen uns darauf konzentrieren, seinen Aufenthaltsort zu bestimmen, um die Geisel zu befreien und ihn festzusetzen. Das ist, was zählt!«

»Falsch!« Linos dunkle Augen fixierten ihn. »Das ist der völlig falsche Ansatz, junger Kollege. Ich sage dir: Du musst jeden einzelnen Schritt von deinem Gegenspieler nachvollziehen, nur dann kannst du ihm bis in sein Versteck folgen und deine Lilou befreien.«

»Mach mal halblang. Deine Ratschläge ihn Ehren, aber wir wissen, was wir tun.« Noch während er das sagte, kam ihm die Idee, wie er womöglich doch eine Chance haben könnte. Denn Linos Ansatz war bei näherer Betrachtung nämlich gar nicht mal so schlecht.

Jules gab Lino einen Wink, einen Moment leise zu sein, zog sein Handy aus der Tasche und rief Joanna an: »Gibt es was Neues über die Apotheken? Hat Lautner schon etwas erreichen können?«

Joanna stöhnte leise: »Es ist keine Stunde her, dass wir ihn damit beauftragt haben, und wenn er einen Treffer gelandet hätte, wüsstest du es längst. Bisher leider nur Fehlanzeigen.«

»Also nichts Neues?«

»Wenig, was uns weiterhilft. Keine der Apotheken in Besançon hat in letzter Zeit einen auffällig hohen Absatz an Verbandsmaterial, Desinfektionsmitteln, Wundsalben oder Schmerzmitteln verbucht. Jedenfalls an keine Einzelperson. Und auf das Foto von Robert, das die Kollegen herumzeigen, ist bisher niemand angesprungen. Doch sie stehen ja erst am Anfang.« Sie machte eine kurze Pause. »Eine Apothekerin schien sich allerdings nicht sicher zu sein und meinte, Robert eventuell gesehen zu haben. Aber dabei handelt es sich um eine Filiale hier in Colmar, die lässt Lautner nämlich ebenfalls prüfen, obwohl ich nicht viel Sinn darin sah. Vielleicht will er mir beweisen, wie fleißig er sein kann, damit ich ihn nicht länger für eine Schlafmütze halte.«

»Die Frau will ihn erkannt haben? Das wäre fantastisch!«, rief Jules. »Nenn mir die Adresse.«

»Ja, mache ich, aber wie gesagt: Die Apothekerin war sich nicht sicher.«

»Verstehe, und diese Apotheke …«

»… wird selbstverständlich überwacht«, beendete Joanna seinen Satz. »Tag und Nacht, für den Fall, dass Robert auf die Idee kommen sollte, Nachschub zu besorgen.«

Jules nickte zufrieden. »Und sonst?« Er warf Lino einen Blick zu. »Wissen wir inzwischen mehr darüber, wie die Flucht gelingen konnte?«

»Ja, vorhin habe ich mit der Gefängnisleitung in Strasbourg telefoniert. Weil mir nicht in den Kopf will, wie Robert der Ausbruch gelingen konnte. Immerhin handelt es sich um ein Hochsicherheitsgefängnis. Da dürfte so etwas ganz bestimmt nicht passieren.«

»Was haben sie gesagt?«

»Nichts Konkretes. Nur Ausflüchte: Dass Robert sich diesen Lieferwagen geschnappt hat. Schön und gut, aber als ich wissen wollte, was denn das für ein Fahrzeug war, blieb es in der Leitung still. Mein Gesprächspartner gab mir zu verstehen, dass er zu derartigen Detailauskünften nicht berechtigt sei. Ich bitte dich, Jules, was ist denn das für eine Art? Bei so einer simplen Frage drückt sich der Kerl um eine Antwort. Kaum zu glauben, denn die Auswahl infrage kommender Autos ist ja nicht besonders groß: Entweder handelte es sich um einen Caterer, einen Müllwagen oder den Wäschedienst, der die schmutzigen Laken abholt. Viel mehr bleibt ja nicht.« Grummelnd fuhr sie fort: »Weißt du, mich wurmen solche Antworten. Deswegen habe ich gesagt, dass ich als Nächstes mit dem Vorgesetzten sprechen möchte und auf konkreten Angaben bestehe.«

»Und? Wurdest du mit dem Leiter verbunden?«

»Nein, ich wurde direkt ans Ministerium verwiesen, wo der Vorgang bearbeitet wird.«

»Mach es bitte nicht so spannend. Weißt du, Lino steht nämlich neben mir und hat mir den Floh ins Ohr gesetzt, dass das mit dem Fluchtwagen ein wichtiger Punkt sein könnte«

»Ganz genau!«, meldete sich Lino zu Wort. »Ein wichtiger Punkt.«

»Nun ja«, kam es durch den Hörer. »Ob das wirklich wichtig ist oder nicht, kann ich noch nicht beurteilen. Auf jeden Fall lag ich daneben mit meinen Vermutungen: Es hat sich nämlich weder um einen Müllwagen gehandelt noch um den Wäschedienst. Robert Moreau hat sich einen Leichenwagen geschnappt!«

Jules stutzte. Damit änderte sich alles. Er tauschte einen weiteren Blick mit Lino, der alles mitgehört hatte. Dann redete er wieder ins Handy: »Ich nehme an, der Wagen war nicht leer.«

»Das ist korrekt«, bestätigte Joanna. »An Bord befand sich die Leiche einer Gefängnisinsassin, die an einem Schlaganfall gestorben war.«

Jules hatte es jetzt sehr eilig: »Wo bist du gerade?«

»Auf dem Weg nach Hause. Das weißt du doch, wir wollten uns da später treffen.«

»Planänderung!«, bestimmte Jules. »Komm zurück in die Gendarmerie. Am besten jetzt gleich. Wir müssen die Untersuchung priorisieren und Dampf machen.«

»Welche Untersuchung? Die der Haare?«

»Nein, die des Fingers!«

»In die Gendarmerie? Darf ich mitkommen?«, fragte Lino mit treuherzigem Blick, kaum dass das Telefonat beendet war. Er vermisste seine frühere Wirkungsstätte, soviel stand fest.

Jules nickte.

7

Das Labor leistete seine Arbeit abermals im Rekordtempo. Jules nahm den Bericht mit den Ergebnissen der pathologischen Untersuchung des Fingers entgegen, überflog ihn und legte ihn auf den Schreibtisch seines Büros.

»Auf was bist du eigentlich aus?«, fragte Joanna.

Jules schob ihr das Papier hin. »Sieh selbst nach! Die Genanalyse des Fingers.«

Joanna blickte kurz in die Runde, dann vertiefte sie sich in den Inhalt. Nach einigen Minuten, die Jules wie eine Ewigkeit vorkamen, hob sie den Kopf und erklärte: »Was für eine Überraschung! Die DNA-Analyse zeigt eindeutig, dass der Finger nicht von Lilou stammt. Sondern von einer anderen Person, die in unserem Datensatz erfasst ist: Olga Stankovsky – die Tote aus dem Leichenwagen!«

Jules kniff die Augen zusammen, riss sie wieder auf. Er fühlte sich, als würde er gerade aus einem Albtraum erwachen. »Wenn das so ist«, sagte er und lächelte, glücklich über die plötzlich aufkeimende neue Hoffnung, »dann bedeutet das, Lilou ist unversehrt. Robert hat sie nicht angerührt, sondern nur geblufft!«

Joanna fiel in seine Freude ein, wirkte ebenfalls erleichtert. »Ja, die Chancen stehen gut, dass Lilou heil davongekommen ist.«

»Das sehe ich leider nicht so«, sagte Lino, der sich über den Erfolg seines Tipps zwar freute, aber keinen Grund zur Entwarnung erkannte. »Selbst wenn der Finger von einer anderen Frau stammen sollten, bleibt Lilou verschwunden. Und nicht zu vergessen: Die Haare waren tatsächlich von ihr, richtig?«

»Was können wir jetzt tun?«, fragte Lautner, der ebenfalls dabeistand und wie meistens sehr ratlos wirkte.

»Wenig bis gar nichts«, meinte Joanna, was sich in Jules' Ohren reichlich fatalistisch anhörte. »Wir wissen jetzt, dass Robert uns an der Nase herumführt. Dass sein bisheriger Psychoterror nur auf einer ziemlich fiesen Täuschung beruht. Aber wir wissen nicht, wie sein Spiel weitergehen wird.« Ein kleines Lächeln schlich sich dennoch in ihr Gesicht. »Immerhin haben wir nun endlich einen Vorteil auf unserer Seite: Robert ahnt nicht, dass wir seine Leichennummer schon durchschaut haben.«

Jules kam nicht dazu, sich zu überlegen, wie sie diesen Vorteil nutzen konnten, denn das Telefon klingelte. Es war die Einsatzzentrale – mit einer brandheißen Meldung: Die Apothekenmitarbeiterin, die Robert Moreau erkannt haben wollte, habe sich gemeldet. Angeblich hatte sie den Mann, auf den

Roberts Beschreibung zutraf, noch einmal gesehen. Und zwar erst vor wenigen Minuten!«

»Und die Kollegen, die die Apotheke beobachten, haben ihn nicht geschnappt?«, wollte Jules wissen. Nein, hieß es, denn sie hätten ihn nicht als den Gesuchten erkannt, aber alle Kräfte vor Ort konzentrierten die Personenfahndung nun auf Colmars Altstadt. Die Schlinge zog sich zu!

8

Jules hatte alles stehen und liegen gelassen, um so schnell wie möglich die Apotheke aufzusuchen. Lautner folgte ihm gehetzt und außer Atem. Vor dem Gebäude, einem schmucken Fachwerkhaus mit dem obligatorischen, reichlich verzierten Schild über dem Eingang, so wie es auch viele Wirtshäuser trugen, waren zwei Gendarmen postiert. Mit dem Dienstausweis in der Hand stürmte Jules an ihnen vorbei und in den Laden hinein.

Die Apothekerin, die die Gendarmerie verständigt hatte, sah ihn über rosig gefärbte Wangen hinweg besorgt an. »Es ging alles so schnell«, erklärte sie. »Es waren mehrere Kunden gleichzeitig da, und als ich den Gesuchten in der Schlange der Anstehenden erkannt habe, war es auch schon zu spät.«

»Was genau ist vorgefallen?«, wollte Jules wissen.

»Ich habe mich erschreckt, als ich den Mann sah. Und das hat er wohl gemerkt. Er hat sich dann sofort umgedreht und ist wieder gegangen. Bis ich am Telefon war, um die Gendarmerie zu verständigen, war er schon nicht mehr zu sehen.«

»Aber draußen, nicht weit von Ihrer Apotheke, waren doch mehrere Kollegen postiert«, wandte Jules ein.

»Ja, aber der Gesuchte trug eine Kapuze über dem Kopf. Man konnte sein Gesicht nur sehen, wenn man relativ nah dran war«, nahm die Frau die Gendarmen in Schutz.

Jules nickte hektisch. »In welche Richtung ist er geflüchtet? Zeigen Sie es mir!«

Die Apothekerin begleitete Jules bis vor die Tür. »Da lang ist er gelaufen. In Richtung Unterlindenmuseum.«

»Was für Schuhe trug er?«, schob Jules nach.

Die Frau schien nicht gleich zu verstehen. »Schuhe? Warum?«

»Wegen der Spuren im Schnee.«

»Es waren Stiefel, wenn ich mich nicht täusche. Boots mit dicken Sohlen.«

»Kommen Sie, Lautner!«, forderte Jules seinen Begleiter auf und rannte los.

Das Museum hatten sie schnell erreicht. Hier, am Eingangsbereich, hielt sich Robert bestimmt nicht mehr auf. Zumindest konnte Jules ihn unter dem Umstehenden nicht identifizieren. Daher konzentrierte er sich auf die Suche nach den Spuren, die der Flüchtige womöglich hinterlassen hatte: Abdrücke einer geschätzten Schuhgröße 47 mit dem Profil von Winterboots. Und tatsächlich meinte Jules, eben solche Spuren gefunden zu haben, als er wenig später den Arm hob, um Lautner den Fund zu signalisieren. Auch wenn es drum herum von weiteren Abdrücken nur so wimmelte, versuchte sich Jules ganz auf das eine Paar Schuhe zu konzentrieren.

Sie folgten der Fährte im Schnee in die Rue des Têtes und stießen nach knapp 100 Metern auf das reich geschmückte *Maison des Têtes*, auch Kopfhaus genannt. Wie immer hatten sich vor dem prächtigen Renaissancebau mit dem markanten, doppelstöckigen Erker und den skurrilen, über die Fassade verteilten Kopfmasken, etliche Touristen versammelt. Spätestens hier war von den Schneespuren nichts mehr zur sehen. Roberts vermeintliche Abdrücke gingen im großen Durcheinander der vielen Fußspuren völlig unter. Daher zückte Jules sein Handy und zeigte Fotos des Gesuchten herum.

Bei den ersten Befragten scheiterte er an der Sprachhürde, dann aber traf er auf ein französisches Paar, das Robert tatsächlich gesehen haben wollte, und zwar erst vor zehn Minuten. Jules ließ sich schildern, wo genau das gewesen war.

Am Ende der Rue des Têtes bogen Lautner und er nach links in die Rue des Boulangers ein. Dort lag die Dominikanerkirche Église des Dominicains, ein fast quadratischer Bau, der lange Zeit geistliches Zentrum Colmars gewesen war. Sie überquerten die Place de la Cathédrale, von Robert jedoch immer noch nichts zu sehen.

Vorbei an Glühweinständen und Souvenirläden setzten sie ihren Weg fort. Im Herzen der Stadt stießen sie auf das Sankt-Martins-Münster mit seinen auffallend buntglasierten Dachziegeln. Beim Anblick des Gotteshauses durchfuhr Jules ein Gedanke: Ob sich Robert in die Kirche geflüchtet hatte? Er beschloss nachzusehen.

Der hohe, dämmerige Innenraum, der während der Französischen Revolution den größten Teil seiner Ausstattung verloren hatte, enthielt noch Spuren alter Wandmalereien und schöne Fenster aus dem 14. Jahrhundert. Um diese Tageszeit war das Münster allerdings wie ausgestorben. Nur eine einzige Besucherin, eine kleine alte Dame, hatte sich zum Gebet auf einer der Bänke niedergelassen. Sonst hielt sich niemand hier auf.

»Also weiter!«, spornte Jules seinen Begleiter an, der mutlos die Schultern hängen ließ.

Wo sollten sie noch suchen? Jules überlegte, dass es geschickt für Robert sein könnte, sich in einer möglichst großen Menschenmenge zu verbergen. Unter den vielen Touristen würde er vielleicht nicht auffallen, so das Kalkül.

»Was ist die größte Attraktion in der Stadt?«, fragte Jules seinen Begleiter.

»Davon haben wir hier viele, Major«, lautete die Antwort.

»Wo könnte jetzt am meisten los sein?«, präzisierte Jules.

Lautner legte nachdenklich den Finger ans Kinn. »Mmmh, einer der Hauptanziehungspunkte ist wohl das Alte Kaufhaus oder Koifhus. An der Vorderseite hat es diese schöne große Außentreppe, von der man einen tollen Überblick über den ganzen Platz gewinnt.«

»Dann ist das unser nächstes Ziel!«, bestimmte Jules.

Sie drängten sich durch die vielen Schaulustigen vor dem historischen Gebäude, eilten durch die prächtige Laubenhalle im Inneren bis zur Rückseite. Dort verharrte Jules einen Moment, um nachzudenken: Im Mittelalter diente das Koifhus als Lagerhaus der Colmaer Kaufleute, wie er wusste. Im Prunksaal des Obergeschosses versammelten sich in früheren Zeiten turnusmäßig die Vertreter des Zehnstädtebundes, woran heute noch die Wappenfenster erinnerten. Gerade eben wurde eine Gruppe an ihnen vorbei nach oben geführt. Befand sich Robert unter den Gästen?

Jules sah sich jedes Gesicht der Teilnehmenden genau an. Robert war nicht unter ihnen.

»Es hat keinen Zweck«, sagte Lautner und sprach damit aus, was auch Jules inzwischen dachte. Robert war es wieder einmal gelungen unterzutauchen.

9

»Tiramisu vom Silvaner, Kürbiskernparfait mit Quittenspalten. Oder wie wäre es mit einer Gewürztraminer-Sahne-Creme an Zwetschgen? Sehr empfehlenswert ist auch die Maronenmousse mit Gewürzorangen – oder ganz schlicht unser hausgemachtes Lebkucheneis.«

Jules gab sich geschlagen und akzeptierte dankbar – vor allem für den gut gemeinten Aufmunterungsversuch von Clotilde – die Gewürztraminer-Creme. Denn etwas Süßes konnte er jetzt gut vertragen. Er löffelte die sündhaft leckere Köstlichkeit in sich hinein, kratzte die Kristallschale bis zum letzten Rest aus und bedankte sich bei der Wirtin mit einem vertraulichen Schulterklopfen.

Dann war er gestärkt für die nächste Runde im Psychokampf. Joanna kam ebenfalls in die *Auberge*, bereit, mit ihm über die folgenden Schritte zu diskutieren, um Robert möglichst bald das Handwerk zu legen. Noch war er nämlich nicht gefasst worden, obwohl seit seiner letzten Sichtung in der Apotheke inzwischen mehr als drei Stunden verstrichen waren. Jules' Nervosität stieg entsprechend an, und da halfen auch all die Leckereien nur wenig, die Clotilde ihm vor die Nase stellte.

»Meinst du, er weiß wirklich, dass man ihn in der Apotheke erkannt hat?«, fragte Joanna besorgt.

Jules nickte bestimmt. »Nach dem, was mir die Apothekerin berichtet hat: ja. Allein die Tatsache, dass ihn weder Lautner und ich, noch die Kollegen geschnappt haben, spricht leider dafür. Wahrscheinlich hält er sich nach wie vor irgendwo im Gassengewirr der Altstadt versteckt. Oder aber er hat die Stadt schon wieder verlassen.«

»Aber wie? Die Ausfallstraßen werden kontrolliert. Und der Fahndungsaufruf ist auch an die Verkehrsbetriebe weitergeben worden. Jeder Busfahrer weiß Bescheid.«

»Dann heißt es, weiter fest die Daumen drücken, denn mehr können wir im Moment leider nicht tun«, meinte Jules betrübt.

Plötzlich das Geräusch von Schritten. Die Tür öffnete sich, dann tauchte ein Gesicht im Rahmen der *winstub* auf. Es war ein braun gebranntes und erholt aussehendes Gesicht. Jedoch auch eines, das von Gewissensbissen und einer guten Portion Furcht gezeichnet war. Jules blieb mucksmäuschenstill und kämpfte gegen das Gefühl an, sein Herz würde stehen bleiben.

Joanna ließ den Löffel fallen und rief überrascht: »Lilou?«

Die Welle der Erleichterung erwischte Jules mit der Wucht eines Tsunami. Er stand auf, wankte einige Schritte nach hinten, musste sich auf der Tischplatte abstützen. Die Hoffnung, Lilou lebend wiederzusehen, war viel zu gering gewesen, als dass er diese radikale Wendung der Ereignisse so schnell verarbeiten und begreifen konnte. Erst nachdem einige Sekunden verstrichen waren, in denen eine ungeheure Freude wuchs, schaffte er es, auf den Überraschungsgast zuzugehen. »Du bist frei!«, rief er begeistert und drückte sie an sich. Doch nur kurz, denn sogleich löste er sich wieder von ihr und musterte sie. »Du bist unverletzt?«

Lilou, deren unverschämt erholtes Aussehen im krassen Widerspruch zu dem Bild stand, das Jules und wohl auch die anderen vor Augen gehabt hatten, hob schuldbewusst die Arme. »Ich habe erst vor Kurzem erfahren, was hier läuft. Aber keine Sorge: Mir geht es gut. Sehr gut sogar!«

Joanna drängte sich an Jules vorbei. »Wie ist dir die Flucht gelungen?«

»Gar nicht«, stellte Lilou klar. »Es gab keine Entführung und daher auch keine Flucht.« Joanna setzte zur nächsten Frage an, doch Lilou kam ihr zuvor: »Ich war im Urlaub auf den Malediven und bin erst gestern wieder in Paris gelandet. Als ich mitbekommen habe, was los ist, bin ich natürlich sofort in den TGV gestiegen und hierhergefahren. Ich wollte es gar nicht glauben, dass mich alle Welt für ein Entführungsopfer gehalten hat. Aber seht selbst!« Sie drehte sich um die eigene Achse. »Ich bin wohlauf und super erholt.«

»Malediven?« Adjutant Lautner, der kurz nach ihr in die *winstub* drängte, wollte das nicht so stehen lassen: »Das ist unmöglich! Wir haben das von den Kollegen vor Ort überprüfen lassen und die Passagierdaten am Airport gecheckt …«

»Ich bin nicht ab Bordeaux geflogen.« Lilou hob die Schultern. »Wie gesagt: Paris.«

»Ja, aber was ist mit den Nachrichten, die wir für Sie hinterlassen haben?«, fragte Lautner. »Wir haben es auf allen Kanälen versucht: mit Anrufen, *WhatsApp*, SMS, E-Mails, sogar über *Instagram*.«

Abermals zog Lilou ihre Schultern nach oben. »*Pardon*, aber im Urlaub will ich meine Ruhe haben. Da rühre ich keinen Computer an. Und mein Smartphone ist unauffindbar. Wahrscheinlich habe ich es beim schnellen Kofferpacken verlegt oder es ist zwischen die Sofakissen gerutscht. Gut, dass ich die Flugtickets ausgedruckt dabei hatte.«

»Warst du vor deiner Abreise noch beim Friseur?«, fragte Jules unvermittelt.

Automatisch fasste sich Lilou in ihr Haar. »Ja, den Termin habe ich gerade noch reinquetschen können. Aber warum fragst du?«

»Ich tippe, dass dir Robert Moreau in den Salon gefolgt ist. Während du dir die Haare schneiden hast lassen, konnte er sich bedienen. Robert hat eine deiner Haarsträhnen aufgelesen und an sich genommen.«

»Haare von mir? Warum sollte er das gemacht haben?«

Jules berichtete ihr von dem Schock, als einem der Drohbriefe Lilous Haarbüschel beigelegen hatte. »Von diesem Moment an mussten wir davon ausgehen, dass Robert Ernst machen und dir sonst was antun würde.«

Lilou erbleichte unter ihrer Sommerbräune. Fassungslos sagte sie: »Wahnsinn! Dieser Mann hat ja den reinsten Psychoterror betrieben.«

»Ja, er hatte sich einen teuflisch ausgetüftelten Plan zurechtgelegt«, bestätigte Jules. »Einen Plan, der erst jetzt aufhört zu funktionieren. Denn mit deiner Rückkehr hat er sein Druckmittel verloren.«

Lilou, noch immer ziemlich baff, fragte mit stockender Stimme: »Habt ihr ihn etwa noch nicht erwischt?«

»Nein«, sagte Joanna und warf Lautner einen drängenden Blick zu. »Obwohl Robert sich definitiv in der Nähe aufhält, ist es nicht gelungen, ihn dingfest zu machen.«

»Aber das werden wir nachholen!«, fühlte sich Lautner zu einer Rechtfertigung genötigt. »Ich rechne jede Minute mit einem Anruf aus der Einsatzzentrale. Für *Monsieur* Moreau wird das Spiel sehr bald aus sein.«

»Wirklich? Ob wir ihn jemals finden werden?«, zweifelte Jules leise, nachdem er sich wieder gesetzt hatte.

»Er kann sich ja nicht in Luft auflösen, und eine Flucht rüber nach Deutschland scheidet ebenso aus, weil er inzwischen mit internationalem Haftbefehl gesucht wird«, gab sich Joanna zuversichtlich.

»Aber gab es nicht gerade in Deutschland diese Festnahme einer Terroristin, die sich mehr als 30 Jahre lang vor den Behörden verstecken konnte? Zwischen Roberts letzten beiden Aktivitäten lagen fast zehn Jahre. Gut möglich, dass wir wieder so lange warten müssen. Bis dahin haben wir ihn vielleicht abermals vergessen.«

Joanna beugte sich vor und legte ihre Hand auf Jules' Knie. »Nein, das lasse ich nicht zu. Du kennst meine Hartnäckigkeit. Ich werde ihn ganz bestimmt nicht vergessen, und du wirst sehen: Die Handschellen schnappen genau dann zu, wenn er nicht damit rechnet.«

Ja, dachte Jules, Joanna hatte recht. Sie würden Robert kriegen. Wenn nicht heute oder morgen, dann in den kommenden Wochen. Denn sein Hochmut würde ihn irgendwann unvorsichtig machen. Und dann wären sie zur Stelle.

»Darf ich jemandem einen Kaffee oder Digestif anbieten?«, fragte Clotilde in die Runde. »Dazu gibt es Feingebäck mit Zimt und Vanillezucker. Denn immerhin ist ja bald Weihnachten.«

AUSFLUGSTIPPS IM WINTERLICHEN ELSASS

Die berühmten Elsässer Plätzchen *Bredele* ausstechen und backen, *Mannele* formen und alles andere, was zu Weihnachten aus dem Ofen kommt, können Hobbybäcker in der *Maison du Pain d'Alsace* in Sélestat in einem Workshop lernen. Die November-Termine sind erwachsenen Teilnehmern vorbehalten, während die Dezember-Termine eine schöne Animation für Eltern wie Kinder ist.

Was wäre die Weihnacht im Elsass ohne ihren Lebkuchen (natürlich die ohne Gift)? Um alle Geheimnisse dieser leckeren Tradition zu ergründen, geht es nach Gertwiller. Seit über 200 Jahren schon stellt man bei Fortwenger diese süße Elsässer Spezialität her, die man das ganze Jahr genießen kann. Aber ganz besonders zur Weihnachtszeit findet dieses würzig duftende Spezialbrot bei Jung und Alt großen Anklang. Im Herzen des Lebkuchenpalasts taucht man auf 800 Quadratmetern in ein exquisites Universum und lässt sich von Farben und Düften zum Schlemmen verlocken. Und, wie man erfährt, es ist alles von Hand gemacht.

BON APPÉTIT – REZEPTE ZUR ELSÄSSER WEIHNACHT

Das Beste aus der Elsässer Weihnachtsbäckerei und -küche, so wie es auch Clotilde in ihrer *Auberge* zubereiten würde:

Munstersuppe
Für zwei Liter Suppe

Zutaten:
2 Lauchstangen
800 ml Hühnerbrühe
960 ml Milch
1/3 Munsterkäse
Salz, Pfeffer & Maizena zum Abbinden

Zubereitung:
Den in ein Zentimeter große Würfel geschnittenen Lauch anschwitzen und mit der Milch ablöschen. Den Lauch in der Milch garen.

Den Munsterkäse ohne Rinde in Würfel schneiden und hinzufügen. Weitere 15 Minuten köcheln lassen. Die Hühnerbrühe hinzufügen, mit Salz und Pfeffer abschmecken und mit Maizena binden.

Weißer Glühwein aus dem Elsass

Für etwa 1,5 Liter Glühwein

2 Flaschen Elsässer Wein (75 cl): Ein Pinot blanc, ein Pinot gris oder ein Edelzwicker sind gut geeignet. Denken Sie daran: je besser die Zutaten, desto besser das Ergebnis.
1 schöne Orange
1 Mandarine
halbe Zitrone
3 bis 4 Zimtstangen
4 bis 5 Sternanise
5 bis 6 Gewürznelken
70 g Zucker
4 Esslöffel Tannenhonig.
1 Glas Wasser

Das Ganze erhitzen und nicht kochen, da sich ansonsten der Alkohol verflüchtigt. Manchmal erlauben wir uns, noch etwa 30 Rosinen hinzuzufügen. Das ist jedem selbst überlassen.

Butterbredele

Zutaten:
250 g Butter
250 g Zucker
8 Eigelb
500 g Weißmehl

Zubereitung:
Die weiche Butter mit dem Zucker vermengen, dann die Eigelbe hinzugeben und ganz zum Schluss mit dem Mehl das Ganze zu einem Teig aufgreifen. (Achtung: nicht zu lange bearbeiten, da sonst die Butter heraustritt und so der Teig die Homogenität verliert!). Anschließend den Teig im Kühlschrank über Nacht ruhen lassen. Am anderen Tag den Teig circa vier Millimeter dick ausrollen, dann beliebig ausstechen und auf ein Blech absetzen. Bei 200 Grad circa zehn Minuten backen und auf einem Gitter auskühlen lassen.

Schwowebredele

Zutaten:
300 g Butter
300 g Zucker
2 Eier
20 g Zimt
150 g gemahlene Mandeln
900 g Mehl
geriebene Schale von einer Zitrone

Zubereitung:
Butter und Zucker verrühren, dann Eier, Zimt und Zitronenschale unterrühren, dann die Mandeln und das Mehl zugeben und zu einem Teig aufgreifen. (Achtung: nicht zu lange bearbeiten, da sonst die Butter heraustritt und so der Teig die Homogenität verliert!). Anschließend den Teig im Kühlschrank über Nacht ruhen lassen. Am anderen Tag den Teig circa fünf Millimeter dick ausrollen, dann beliebig ausstechen und auf ein Blech absetzen. Mit Ei bestreichen und bei 200 Grad circa zehn Minuten backen und auf einem Gitter auskühlen lassen.

Spritzbredele

Zutaten:
200 g Butter
500 g Mehl Weißmehl
125 g gemahlene Mandeln
2 Eier
Vanille
250 g Zucker

Zubereitung:
Butter und Zucker mischen und nicht schaumig schlagen. Eier und Vanille beigeben und zum Schluss Mandeln und Mehl kurz unterrühren. Dann mit einem Spritzbeutel mit gezackter Tülle auf ein Blech dressieren. Bei 180 – 190 Grad circa acht bis zehn Minuten backen.

Mannala oder Weckmänner

Zutaten für den Hefeteig:
700 g Weißmehl (Typ 550)
10 g Salz
30 – 50 g Zucker
1 Ei
20 g Frischhefe
400 ml Milch
80 g weiche Butter

Rosinen, Schokostücke oder Pinienkerne für den Dekor

Zubereitung:
Alle Zutaten außer der Butter zu einem Teig kneten, bis er sich vom Schüsselrand löst (am einfachsten geht das mit einer Knetmaschine). Die weiche Butter in den Teig einarbeiten, bis sich dieser wieder von der Schüssel löst. Dann den Teig mit einem feuchten Tuch abdecken und eineinhalb bis zwei Stunden gehen lassen, bis sich das Volumen verdoppelt hat. Anschließend den Teig auf eine leicht bemehlte Fläche legen und in circa 16 gleich große Stücke schneiden. Jedes Stück einzeln zu einem

Zylinder formen, den Kopf dünn abdrehen und dann mit einem Messer die Beine und Arme ausschneiden (Aufpassen, dass die Arme nicht zu dünn werden!). Rosinen, Schokostücke oder Pinienkerne als Augen leicht andrücken.

Auf einem Blech absetzen und circa 30 Minuten gehen lassen, bis sich das Volumen wieder verdoppelt hat.

Dann die Mannala mit Ei bestreichen und in den auf 220 Grad Ober-Unterhitze vorgeheizten Ofen schieben. Die Temperatur gleich auf 200 Grad zurücksetzen und circa 15 Minuten backen.

Elsässer Berawecka

Früchte und Gewürze:
200 g Hutzeln oder Kletzen
200 g getrocknete Äpfel
150 g getrocknete Pflaumen
200 g getrocknete Feigen
150 g Korinthen
150 g Sultaninen
75 g ganze Walnüsse
100 g geschälte ganze Mandeln
1 Bio-Orange
1 Bio-Zitrone
250 g Zucker
5 Esslöffel Kirschwasser
1/2 Teelöffel Zimt
1/2 Teelöffel Anis ganz, leicht zermörsert

Zutaten für den Teig:
250 g Mehl
25 g Zucker
12 g Frischhefe
30 g Butter
150 ml Milch
1 Prise Salz

Am Vorabend:
Weichen Sie Äpfel, Birnen und Pflaumen zwei Stunden in heißem Wasser ein. Waschen und trocknen Sie die Orange und die Zitrone und reiben Sie die Zesten fein ab. Lassen Sie die eingeweichten Früchte abtropfen und zerkleinern Sie sie grob. Hacken Sie auch die Feigen mit einem Messer grob und geben Sie alles in eine große Schüssel. Dann geben Sie die Zesten, Korinthen und Sultaninen, Zimt, die zermörserten Anissamen, 100 g Zucker und das Kirschwasser hinzu, mischen alles und lassen es rund zwölf Stunden marinieren.

Am folgenden Tag:
Für den Hefeteig mischen Sie alle Zutaten und kneten diese, bis sich der Teig von der Schüssel löst (am einfachsten geht das mit einer Knetmaschine). Dann den Teig mit einem feuchten Tuch abdecken und circa eine Stunde gehen lassen, bis sich das Volumen verdoppelt hat. Inzwischen mischen Sie 100 ml Wasser mit den restlichen 150 g Zucker und lassen den Sirup etwa fünf Minuten köcheln. Lassen Sie den Sirup abkühlen.

Hacken Sie die Walnüsse und 2/3 der Mandeln. Geben Sie sie zusammen mit dem Teig und den marinierten Früchten in die Schüssel. Dann kneten Sie alles zu einem homogenen Teig.

Arbeiten Sie sechs Teigstücke zu circa 20 Zentimeter langen Broten auf. Legen Sie sie mit großem Abstand auf ein mit Backpapier ausgelegtes Backblech. Bestreichen Sie sie mit einem Pinsel mit kaltem Sirup. Mit den beiseite gestellten Mandeln verzieren und dann an einem warmen Ort circa zwei Stunden gehen lassen.

Den Ofen auf 180 Grad Ober-Unterhitze vorheizen. Für circa 45 Minuten ausbacken.

Elsässer Pain d'épices (Lebkuchen)

Im Elsass gibt es die eher flachen Honiglebkuchen, aber speziell ist das Pain d'épices, das sich eher als Kuchen präsentiert.

Zutaten:
300 g Weizenmehl
300 g Waldhonig
100 g Roggenmehl
1 Esslöffel Lebkuchengewürz
1 Esslöffel Natron
1 Glas Milch
4 Eigelb
1 Teelöffel Salz
20 Umdrehungen aus der Pfeffermühle
50 g Rohzucker
100 g Butter

Zubereitung:
Mischen Sie in einer Schüssel die Mehle mit dem Natron, dem Salz, dem Pfeffer und den Gewürzen. Lassen Sie die Milch bei schwacher Hitze in einem Topf lauwarm werden. Geben Sie die Hälfte der in Stücke geschnittenen Butter und den Honig hinzu und rühren Sie um. Gießen Sie diese Flüssigkeit langsam

in die Schüssel. Dann die Eigelbe dazugeben und kneten. Lassen Sie die Masse vier Stunden ruhen.
Mit der anderen Hälfte Butter fetten Sie eine lange Kuchenform und gießen die Masse in diese. Bestreuen Sie sie mit dem Rohzucker und backen das Pain d'épices 30 Minuten lang im auf 170 Grad vorgeheizten Ofen.
Der Lebkuchen ist durchgebacken, sobald die Messerklinge sauber aus dem Kern herauskommt. In einem luftdichten Behälter ist er mindestens ein Jahr haltbar.

Neijohrsbretschdel oder Neujahrsbretzel

Für zwei Bretzeln je 30 bis 40 Zentimeter Breite

Die Neujahrsbretzel wird im Elsass aus einem Briocheteig hergestellt. Darin ist ein hoher Ei- und Butteranteil enthalten, was das Gebäck besonders schmackhaft macht.

Zutaten für den Hefeteig:
750 g Weißmehl
110 g Zucker
15 g Salz
35 g Frischhefe
4 Eier
150 ml Milch
250 g Butter

Rosinen, Schokostücke oder Pinienkerne für den Dekor

Zubereitung:
Die Butter zeitgerecht aus dem Kühlschrank nehmen, damit sie geschmeidig wird. Dann alle anderen Zutaten zu einem Teig kneten,

bis er sich vom Schüsselrand löst (am einfachsten geht das mit einer Knetmaschine). Die geschmeidige Butter in den Teig einarbeiten, bis sich dieser wieder von der Schüssel löst.

Dann den Teig mit einem feuchten Tuch abdecken und eine Stunde gehen lassen. Anschließend eine weitere Stunde im Kühlschrank gehen lassen. Der Teig geht weiter auf, aber die Kühle macht ihn fester, damit er danach einfacher zu verarbeiten ist.

Den Teig auf die leicht bemehlte Arbeitsfläche geben und in zwei gleich große Stücke teilen. Jedes dieser Teigstücke zu einer Wurst formen und dann 80–100 Zentimeter lang rollen. Jeweils eine Bretzel formen und auf ein mit Backpapier ausgelegtes Blech setzen.

Wieder zudecken und eine halbe bis eine Stunde bei Zimmertemperatur gehen lassen. Den Ofen auf 210 Grad Ober-Unterhitze vorheizen. Die Bretzeln mit Ei bestreichen und mit der Schere an der dicken Stelle dekorativ einschneiden. Sie können an dieser Stelle die Bretzel nach Belieben mit Hagelzucker bestreuen oder sie nach dem Backen glasieren.

Die Bretzel zehn Minuten auf 210 Grad anbacken, dann die Hitze auf 180 Grad reduzieren und weitere zehn bis 15 Minuten ausbacken. Falls Sie die Bretzel lieber glasieren möchten, lassen Sie sie ein bisschen auskühlen und dann bepinseln Sie sie mit einer Mischung von 100 g Puderzucker mit 50 g Wasser, Zitronensaft oder Obstler.

DANKSAGUNG

Vielen Dank an Marie-Anne Tan, Dietlind und Peter Beinßen und an die ganze Familie! Abdruck der Rezepte mit freundlicher Genehmigung von *Ducasse Schetter Public Relations*, Frankfurt. Dank auch an *ADT Alsace Destination Tourisme*.

Alle Bücher von Jan Beinßen:

Antiquitätenhändlerin Gabriele Doberstein ermittelt:

1. Fall: Feuerfrauen
ISBN 978-3-8392-1043-7

2. Fall: Goldfrauen
ISBN 978-3-8392-1097-0

3. Fall: Todesfrauen
ISBN 978-3-8392-1196-0

Weitere:

Familienpakt
ISBN 978-3-8392-1303-2

Elsässer Rache
ISBN 978-3-8392-0480-1

Elsässer Bescherung
ISBN 978-3-8392-0695-9

RENÉ LAFFITE
Die bittersüße Rache vom Montmartre
COMMISSAIRE MOREL ERMITTELT
GMEINER